Silvia Belli

Quelli di via Palestro

Dedicato a mio padre

PROLOGO - 1931 - LA MAMMA DI GIOVANNI

Brusatasso era un paesone del mantovano dai colori sbiaditi, con una grande piazza polverosa dove scorreva la vita del paese, pochi attimi di mondanità in parole scambiate di fretta da contadini bruciati dal sole.

Le putele, le ragazze del paese, si scambiavano confidenze, spiate da anziane accasciate su sedie, e guardavano al futuro con la semplicità di chi non ha mai conosciuto il mondo.

Evelina, la putela più piccola della Angela, si era allontanata dalla la sua cascina del Palidano per andare a comprare al mercato di Brusatasso, voleva trovare un pezzo di sangallo per il colletto dell'abito buono. Per una lunga estate aveva portato torte al dottore che stava su, nella villa col grande giardino di peonie rosse e ora, le poche monete che sua madre le aveva permesso di tenere, bastavano per comprare il suo colletto. Quella domenica, alla messa, sarebbe stata elegante.

Nella piazza, incontrò Emma, sua compagna alle elementari, frequentate insieme fino alla terza. Erano sempre state inseparabili e i loro occhi brillavano nel poter scambiare due chiacchiere tra ragazze. Evelina aveva voglia di colori, gioia e vita che si presentarono in uno sguardo.

«Il figlio del mugnaio!» disse Emma sottovoce, avvicinandosi alla spalla dell'amica.
«Chi l'Attilio?» rispondeva noncurante, mentre rigirava tra le mani il prezioso sangallo, indecisa se spendere o no le poche monete risparmiate.

Emma annuì. «Dicono che abbia visto il mare.»
Distrattamente, sempre rigirando tra le mani il sangallo, Evelina rispondeva «Forse quando era piccolo.»

Lui, Attilio, avanzava ritto e brillantinato in mezzo alla piazza, e nel portamento emergeva ancora l'agiatezza del suo passato. Adocchiò subito Evelina, formosa e così presa da quel merletto. Con noncuranza, si spostò verso la bancarella della megera dei pizzi che lo faceva sempre correre perché anziché comprare distraeva le clienti.
Evelina si girò e incrociò lo sguardo del più bel ragazzo del paese. Fu magnetico, un colpo di fulmine.
«Buongiorno.» disse lui fissandola. Lei con gote di fragola accennò un sorriso mentre il sangallo cadeva sulla bancarella. I loro occhi non si abbandonarono per un lungo istante. Poi lui proseguì e Evelina fissò le spalle forti vestite di una camicia bianca.

Emma la richiamò subito all'ordine.
«Sai che pettegolezzi verranno fuori! Sorridergli, ma che ti passa per la testa, lo sai che il padre l'ha lasciato in braghe di tela, non ha neanche una cascina. È un donnaiolo come il vecchio che si è mangiato tre mulini a donne, e lui, con soli otto anni, andava a Po a caricarsi la sabbia col carretto e la vendeva per mangiare. Sua madre poi, si è ammazzata per il dispiacere!»
«Sì Emma, lo so.» replicava sbuffando Evelina, mentre con la mente andava ad occhi profondi e capelli corvini, negando l'evidenza a se stessa.
Se sua madre avesse saputo di quel sorriso, si sarebbe dovuta scordare la passeggiata al mercato settimanale per un bel pezzo.

7

Ma sguardo dopo sguardo, dopo soli tre mesi decisero di sposarsi. Un matrimonio senza fasti, senza bimbi che correvano intorno, senza riso, senza fiori, nel silenzio della chiesa di Brusatasso, riempita solo dagli echi delle loro voci e da quella di un parroco dai gesti stanchi. Il vestito non era di tafetà come quello delle riviste di moda della moglie del dottore, ma era nero e logoro, era l'unico abito buono che aveva. L'unica nota squillante era il prezioso colletto di sangallo, i colori sognati sbiadivano sul vestito nero. Non c'erano genitori o parenti a congratularsi con loro, c'era solo Emma in fondo alla chiesa.

Angela, la madre di Evelina, non approvò, ma nemmeno impedì quel matrimonio. Curva sui filari di uva bianca, anche quel giorno, lavorò in campagna, stese la pasta per *i fidei*, le tagliatelle tagliate sottili, pulì l'aia della cascina, tirò su il materasso della figlia e chiuse dentro di sé tutti i sentimenti contrastanti. La gente del Palidano, non mostrava mai niente, perché non si faceva e perché non aveva il tempo di lamentarsi, veniva prima il lavoro.

Intanto Evelina e Attilio sorridevano innamorati, ignari com'erano di essere due estranei con grandi speranze nelle tasche vuote. Partirono subito, non per la luna di miele, ma per un paesino della provincia torinese dove Irma, la sorella di Evelina, già maritata, le aveva trovato un posto nella conceria del paese.

La guerra non aveva ancora aggredito la loro vita. Evelina presto avrebbe sperimentato la vita insieme, lontana dalle sue attese, presto avrebbe conosciuto il significato delle parole guerra, fame e miseria. Avrebbe rimpianto amaramente la povera abbondanza del Palidano.

Il treno correva veloce e Evelina salutava i luoghi dove era nata. Guardava scorrere il paesaggio piatto e sempre uguale della bassa padana, ripensava all'addio dato alla madre e alla sua cascina. Addio profumo di fieno, addio filari di uva, addio meloni color sole, addio profumo di lavanda negli armadi, addio nebbia bagnata d'inverno, addio mamma. Si promise che sarebbe tornata, che quello non sarebbe stato un addio.

Il viaggio trascorse nel silenzio, tra sorrisi e nessun discorso. Tra loro l'imbarazzo di due sconosciuti seduti lì, negli unici due posti liberi. Per colmare quel silenzio, Evelina osservò il treno su cui era salita per la prima volta. I sedili di legno erano scomodi e le facevano male alla schiena, ma il paesaggio visto dai grandi finestrini la ripagava. C'era una manovella sotto il vetro, decise di provare ad aprire il finestrino. Ad ogni giro di manovella arrivava più aria fresca che le scomponeva i capelli.

Attilio la ignorava. Campanili color terra scorrevano veloci, paese dopo paese, mentre gli alti argini del Po avevano lasciato il posto a immensi campi coltivati, risaie e file di pioppi che si snodavano dinanzi ai suoi occhi fissi su troppe immagini che come scatti veloci venivano ordinati nei cassetti della sua memoria.

Finalmente arrivarono a Torino. Erano passate quattro o cinque ore. Aveva perso il conto del tempo, presa com'era stata ad assorbire tutto quello che aveva visto. Attilio aveva dormito per gran parte del viaggio, poi aveva guardato anche lui fuori del finestrino, ma senza lo stupore e la gioia che lei aveva provato nel vedere quanto il mondo fosse grande e diverso da Brusatasso; forse per lui tutto questo non era nuovo.

9

Quella specie di caffettiera sferragliante stava entrando in stazione.

«Porta Nuova.» specificò Attilio.

Larghe banchine e graziose tettoie di ferro che ricordavano i merletti del banco del mercato, pensò Evelina. Con occhi sgranati, faceva il conto dei binari, sei o dieci. Era una grande stazione. Scesero. L'odore del ferro prodotto dai treni che frenavano sui binari pizzicava il naso. Superate le pensiline, si trovò dentro un luogo immenso. Sembrava che i treni uscissero dalla sua pancia. Al centro un'enorme tettoia di ferro. Ai lati due edifici che sembravano reggerla. Colori chiari sporcati dalla fuliggine. Entrando nella stazione, entrambi alzarono la testa per ammirare quel capolavoro di tecnologia. Il tetto tondeggiante era tanto alto.

Le grandi finestre lasciavano filtrare lame di luce, illuminando polvere e fumo, disegnando sul pavimento arabeschi allungati. Evelina era rapita da quelle vetrate, erano bellissime. Al centro un grande orologio: erano le dieci e dodici minuti del mattino. Guadagnarono l'uscita. Attilio, in modo pratico, consultava un foglio estratto dalla tasca della giacca. Evelina, dopo aver posato in terra la sua valigia, si guardò intorno. Davanti a lei una grande piazza con alberi e giardini curati in cui signore distinte si intrattenevano. Sulla via principale, esageratamente larga, file di grandi alberi e auto mai viste. Una si fermò proprio di fronte a loro, lesse il nome scritto sul davanti: Lancia. Era elegante e nera come la coppia che ne uscì.

I portici della stazione erano animati da un via vai di gente con e senza valigie, tutti sconosciuti che neanche si parlavano. Alle sue spalle muri severi. L'esterno era privo del fascino ovattato e indaffarato della stazione. Una targa catturò la sua attenzione:

10

"Stazione di Porta Nuova – progetto dell'Ingegner Alessandro Mazzucchetti – facciata dell'architetto Carlo Ceppi".

Persa nelle sue divagazioni, che le sottrassero non più di un minuto o due non si era neppure accorta che Attilio si era spostato e stava parlando con un uomo in divisa che non riusciva a capire se fosse un ferroviere o una guardia. Lo raggiunse trascinando piedi e valigia, arrabbiata per essere stata abbandonata in un posto che non conosceva. Non ebbe nemmeno il tempo di protestare perché dovevano andare in un'altra stazione, Porta Susa.

Evelina era intimorita dalla grande città e cresceva in lei la voglia di fuggire lontano. La camminata marziale non accennava a diminuire il ritmo. Affannata, stanca, ignorata e arrabbiata continuava ad osservare il mondo per calmarsi, distrarsi e superare quel momento. Camminarono sotto portici molto alti, sostenuti da colonne imponenti, dove risuonava l'eco dei loro passi. Le scarpe buone con il tacco a rocchetto iniziavano a farle male.
Incrociando signore aristocratiche sottobraccio ad altrettanto pomposi mariti, sentiva che la sua semplicità non aveva niente a che vedere con quel posto. Quella città emanava strani odori irritanti per il suo naso abituato alla lavanda e al fieno.

Arrivarono stanchi all'altra stazione. «Stazione di Porta Susa.» chiarì Attilio aggiungendo un bel sorriso, uno di quelli che le erano sempre piaciuti. Dopo tutto, in quegli spostamenti complicati in luoghi sconosciuti, suo marito aveva dimostrato di essere all'altezza. Non si era fatto prendere dal panico come lei e, anche se in silenzio, l'aveva rassicurata e guidata. La sua stima

11

per lui era aumentata. Lo sconforto provato poco prima, aveva lasciato il posto ad una timida speranza.

La stazione di Porta Susa era più piccola dell'altra. Anche il treno che dovevano prendere era più piccolo. Un ferroviere gli indicò il binario giusto e chiamò il trenino Canavesana. Si chiamava così perché andava a nord della provincia di Torino, nel Canavese. Questa fu un'altra delle spiegazioni di Attilio che Evelina apprezzò. Certo sembrava più un maestro di scuola e non un marito.

Un trenino lento. Anneriva i volti affacciati ai finestrini, per inoltrarsi in campagna. Come sarebbe stato Rivarolo? Ancora un'ora di sedili scomodi e sobbalzi li separavano dalla nuova vita. Ma Attilio non parlava e Evelina non sapeva come attaccare discorso, fece quello che sapeva fare: guardare fuori dal finestrino.

Allontanarsi dalla città faceva tornare il respiro e allargava il cuore. Il sole era alto e man mano che si avvicinavano a Rivarolo il paesaggio era sempre più bello. La giornata limpida e leggermente ventosa, rendeva tutto più vivido, si vedevano bene anche le cose lontane. Era un paesaggio movimentato, così diverso dalla pianura che non dava l'idea delle distanze e dei confini.

Ora aveva visto dove finiva la pianura Padana. I prati diventavano colline e poi montagne, le Alpi, quelle che aveva visto sulla cartina a scuola. Dietro c'era la Francia. Il Monviso lo conosceva già, la maestra le aveva fatto vedere una fotografia, lì nasceva il suo Po. Anche a Torino passava il Po, ma non lo aveva visto. Quella città era davvero grande.

12

Quando scesero dal treno nella piccola stazione di Rivarolo, c'era Irma ad aspettarli. Evelina guardò la sorella: non era più la ragazzetta semplice che aveva conosciuto, ma una signora vestita di tutto punto. Suo marito era commerciante.

«Ciao Irma. Questo è mio marito Attilio.»

«Piacere di conoscervi.» esordì Attilio rimanendo sulle sue, non le diede nemmeno la mano, deludendo le attese di Irma che fece una smorfia.

La prima occhiataccia di Evelina raggiunse il marito che la guardò in modo interrogativo, non capendo cosa avesse fatto per meritarsela. Il silenzioso rimprovero fu immediatamente interrotto da Irma: «Vi accompagno nella casa che ho trovato per voi, poi più tardi vi spiegherò dove Evelina deve andare per il lavoro. Tu Attilio devi arrangiarti.»

Evelina ingoiò le lacrime, si aspettava che la sorella la accogliesse con un abbraccio e un invito a pranzo a casa sua. Aveva sperato che fosse felice per lei, dov'era l'allegria di Irma? Non era più sorridente come quando erano bambine e si tiravano le trecce e il fieno addosso al Palidano.

Irma li accompagnò nella nuova casa in silenzio. Non chiese nulla della mamma, di lei, della Emma, della cascina. Evelina osservò il paese in silenzio. Dalla stazione avevano preso in sù, camminando per una via alberata con case dai balconi piccoli. Non sembravano per niente i bei balconi del mantovano, non servivano a niente dei balconi così piccoli, non ci si poteva mettere nulla sopra e non ci si poteva neanche sedere comodi per chiacchierare.

13

Poi arrivarono in una piazza con un viale alberato. Al centro del viale, a tratti riaffiorava una roggia dove i ragazzini saltavano o ciondolavano le gambe sulla massicciata e le lavandaie erano chine sui panni. Avevano incrociato parecchie persone, ma nessuna di queste aveva parlato ad Irma. O era gente chiusa o sua sorella faceva davvero troppo la signora, com'era cambiata. Il paese non le piaceva: gli abitanti sembravano tutti nemici.
Nella prima via a destra vide un asilo. *Asilo Maurizio Farina. Bene, mi potrebbe tornare utile* pensò. La seconda via a destra era invece via Palestro. Vide subito il negozio del fruttivendolo, all'angolo tra la via e la piazza, con lui piantato dritto all'ingresso, stretto nel grembiule di tela blu, che guardava diffidente. La via era stretta, lastricata con pietre di fiume, tutte della dimensione di un pugno. Le case erano ammassate una sulle altre, non c'era interruzione: facciate, balconi di legno, finestre con le imposte, solai e tetti di pietra, pochi avevano i coppi. Per entrare, portoni in ferro o legno, tutti chiusi. Alcune case avevano le porte della cucina direttamente sulla via, con sedia e pettegola fuori. Com'era buia quella via, dov'erano i grandi spazi del Palidano? Proseguendo, notò che le case avevano quasi tutte un piccolo cortile interno e anche qui molte donne avevano lasciato la sedia fuori. «Altre pettegole.» pensò.

«Siamo arrivati. Questa è via Palestro. Qui sotto c'è la cucina e sopra, su per la scala di fronte, due camere. Sotto alla scala c'è il bagno, solo vostro. La cucina è la sola con la luce elettrica. Il padrone di casa abita di fianco a voi. Per i mobili abbiamo radunato qualcosa di smesso. Qui ci sono le chiavi. Su questo biglietto c'è scritto dove devi andare a lavorare tu. Attilio può chiedere all'Albergo Europa. Sta dall'altra parte della Lea. Hanno bisogno di camerieri.» Irma aveva già girato i tacchi, era rimasta

14

sul portone indicando cucina e scale, sembrava avesse fretta. Dalla strada aggiunse a voce alta «Ah... la Lea è la roggia, là dove passa l'acqua, in mezzo al viale. Non la chiamate roggia. Vi ho lasciato un regalo per il vostro matrimonio sulla sedia della cucina.»

«Grazie a nome di entrambi, Irma.» disse Attilio affacciandosi in strada con Evelina. «Se possiamo aiutarvi per ricambiare fatecelo sapere.»

Il suo tono era troppo formale, Irma ignorandolo chiese alla sorella: «Come sta la mamma?»

«Bene, ha la schiena curva per il lavoro, mi ha detto di salutarti e di andarla a trovare.»

Irma si congedò con un cenno della testa e andò via come se fosse inseguita dal fuoco. «Ci ha mollati qui senza... » disse stupita Evelina, ricevendo un'alzata di spalle come risposta. Non dissero altro e in silenzio chiusero il portone di ferro.

A sinistra c'era la cucina. Entrarono: c'era odore di umido e poca luce. La porta finestra era di legno verniciato con poca cura, i vetri sporchi e piccoli e non chiudeva neanche bene. Sulla sedia c'era una radio, sembrava di recupero pure quella, doveva essere il regalo a cui si riferiva Irma.

«Una radio!» disse stupita Evelina indicandola e guardando il marito.

«Già, sarebbe stato meglio qualcosa di più utile. Bene, un tetto sulla testa lo abbiamo, nanu pensa a sistemare e alla cena, io vado a quest'Albergo Europa.» e uscì senza salutare.

Delusa e spaesata pensò «Non mi ha nemmeno abbracciata ora che siamo soli, non ha neanche voluto vedere il resto della casa, ma mi ha chiamato nanu, cara. È un passo avanti.» Da sotto la radio spuntavano degli strofinacci.

Ispezionò il resto della casa. Il bagno non esisteva. Nel sottoscala c'era un cesso. Un turca. Ecco a cosa serviva quella chiave. Era solo loro, aveva detto Irma, allora i vicini lo condividevano con altri? Una delle due camere era vuota e l'altra aveva una stufa bucata, un letto di ferro, un armadio vuoto con un'anta rotta e le finestre con tende sgualcite. Si ripromise di tirare fuori dalla valigia le tende e il lenzuolo ricamati da ragazza, per rendere più bella quella camera e mettere un sacchetto di lavanda sul comodino. Al Palidano erano poveri, ma non così tanto. Tutto quello che aveva sognato da ragazza era già svanito. Era pur sempre un inizio e lavorando avrebbero avuto di più.

Presa dai suoi pensieri, aveva scordato il biglietto. Frugò nella tasca e lesse. "Conceria SALP – chiedere del Sig. Pistono." Posò il biglietto sul comodino, ora aveva altro da fare, decise di concentrarsi sulla camera, erano già troppe le novità di quel giorno. Riempì d'acqua il catino di ferro ammaccato e decise di usare gli stracci che sua sorella aveva lasciato sotto la radio, non potevano essere strofinacci, erano troppo frusti. Prese il giornale abbandonato nella cesta vicino alla stufa e una scopa di saggina, usatissima anche quella, e si diresse in camera per pulire vetri e pavimento. Il pavimento era in cotto, molto polveroso, doveva trovare al più presto della paraffina per lucidarlo. Il materasso di foglie strideva mentre tendeva le lenzuola di lino. Si fermò un attimo ad ammirare le tende con le sue iniziali ricamate appese con cura: fortunatamente erano della misura giusta per quei vetri, era soddisfatta; voleva che suo marito fosse fiero di come lei aveva sistemato la camera.

Continuò a mettere a posto, era così presa da lavori e pensieri che non si accorse che lui la scrutava dalla porta.

«Farò il cameriere all'Albergo Europa, proprio qui di fronte.» sentì dire alle sue spalle.

Evelina si girò e sorridente disse: «Io vado domattina alla Conceria SALP, ci siamo sistemati.»

«Vieni, andiamo a mangiare!» disse allegro tendendo la mano verso di lei.

Scesero le scale mano nella mano, sorridendo Evelina pensò che forse iniziavano a conoscersi. Aveva preparato il pasto con quello che aveva in borsa. Una bottiglia di lambrusco, il pane, i fidei fatti dalla mamma e un melone. Mangiarono in silenzio e lei capì che il silenzio nel loro matrimonio sarebbe stato un compagno di vita, anche se prima l'aveva presa per mano e aveva sperato in più gioia.

Era la prima volta che mangiavano allo stesso tavolo. Evelina notò la differenza delle loro origini. Lui scostò la sedia alzandola senza strisciarla, si sedette composto. Invece di appoggiare subito i gomiti al tavolo, osservò la tavola imbandita. Distese con l'indice una piccola piega della tovaglia sul suo lato destro, accarezzò le iniziali "EL" ricamate da sua moglie, Evelina Lanfredi, sul lato opposto. Uno sguardo d'orgoglio e l'angolo della bocca alzato in un piccolo sorriso, resero Evelina rossa in volto e felice del complimento silenzioso.

Subito dopo Attilio spostò il coltello e il cucchiaio sulla destra e la forchetta sulla sinistra. Prese il tovagliolo, osservò il fiore ricamato e le iniziali, più piccole sotto il fiore, lo spiegò con un gesto elegante e lo pose sulle ginocchia.

«Buon Appetito!» disse, prendendo pochi fidei per volta e masticando con la bocca chiusa. Quando fu il turno del melone, lo tagliò in piccoli pezzi, con cura.

Mai come ora Evelina si sentiva fuori posto. La posizione delle posate, il tovagliolo sulle ginocchia, il melone con coltello e forchetta! Attilio però non le aveva fatto pesare nulla. Avrebbe imparato ad essere più elegante per lui. E lo avrebbe insegnato ai loro figli. Era passata dall'entusiasmo alla depressione in pochi secondi. Durante tutto il pasto, come si era aspettata, Attilio non parlò. Quel silenzio le pesava e faceva crescere la malinconia.

Di silenzio in silenzio era passato quasi un anno del quale ricordava ogni singolo giorno, ogni delusione, ogni sacrificio, ogni rinuncia. Le mancava la fitta e bagnata nebbia della bassa, il paesaggio piatto e sempre uguale, il Po e i suoi argini. Odiava la neve che arrivava giù dalle montagne alle spalle di Rivarolo, osservava i malgari scendere a valle con le vacche. Le dissero che talvolta si riusciva a comprare da loro il burro e un po' di formaggio. Odiava i ruvidi calzettoni di lana e ancor di più gli zoccoli di legno che doveva portare. Erano ormai lontani i tempi dei calzini bianchi di cotone e delle scarpette portati al Palidano. Di scarpette ormai ne aveva solo più un unico paio che usava la domenica per andare a messa.

Era rassegnata, nonostante fosse una giovane sposa, ad avere a fianco un uomo certo non dolce, enigmatico forse, silenzioso sicuramente, ma almeno gran lavoratore a dispetto delle pettegole di Brusatasso.

Presto decise che non avrebbe perso l'allegria e avrebbe anche continuato a scrivere ad Emma. Non si sarebbe mai arresa.

Su suggerimento della sorella aveva imparato qualche parola di piemontese. Il mantovano non lo capiva nessuno e con l'italiano avevano problemi tutti. Quando andava a fare la spesa era d'obbligo "an po' 'd son" e "an po' 'd lon" (un po' di questo e un po' di quello), voleva imparare tutto il dialetto.

I contatti con la sorella erano rari e freddi, ben diversi da ciò che si sarebbe aspettata. Il marito di Irma era un commerciante di legname rispettato e scostante, fascista nella convinzione che in quel modo avrebbe potuto mantenere il suo status quo di potente del paesello. La moglie, di conseguenza, non poteva mescolarsi alla gente comune, rischiando di compromettere la reputazione di quell'uomo che l'aveva resa Signora. Da quel cognato ingombrante non avevano ricevuto favoritismi, non avevano mai pranzato con lui e non lo avevano mai conosciuto. Attilio era sicuro che avesse anche la tessera del partito e lo detestava ancora di più. Gli incontri con sua sorella sembravano ritagli di tempo rubati di nascosto alla vita da signora che conduceva.

Evelina provava un misto di rabbia e compassione per Irma, non capiva da che parte schierarsi e non mostrava nemmeno un po' di coraggio per gli affetti. Lei non capiva niente di politica, ma sentiva in cuor suo che il fascismo avrebbe portato disgrazie a molte famiglie.

Il lavoro alla conceria era pesante. Turni di 12 o 14 ore per poche lire. Era nel reparto dove si coloravano le pelli. La puzza era insopportabile. Il tanfo si espandeva anche nella zona circostante. Le sembrava impossibile che la gente potesse vivere vicino a quel fetore. Spesso usciva dalla fabbrica con le braccia blu e il colore non se ne andava via per almeno due settimane. Attilio la prendeva in giro chiamandola *la mia principessa dal sangue blu*. Lei sperava un giorno di passare nel reparto dove tagliavano le pelli. Se le avessero insegnato a tagliare, non avrebbe avuto braccia blu e avrebbe avuto un salario migliore.

A casa era spesso sola. Attilio spariva dopo il lavoro all'Albergo Europa. Dove andasse proprio non lo sapeva. Aveva sentito dire in paese che il mantovano, così lo chiamavano, andava a Torino a farsela bene. Attilio lavorava, dettava regole in casa e non tollerava essere contrariato. A parte qualche lusinga, vigeva la regola del silenzio. Il silenzio celava incomprensioni, ma era anche un altro modo per continuare una discussione, portata avanti con altri mezzi. Con il silenzio Evelina contestava quel matrimonio imperfetto.

Nel silenzio arrivarono due figli. Nel 1932 nacque Giuseppe. Era uno scapestrato e urlava sempre come un'aquila. Nel 1937 arrivò Giovanni, introverso e osservatore fin da piccino, proprio come sua madre. Evelina con infinita dolcezza li coccolava e con rassegnazione accettava di stare in casa quando il marito non c'era. Non osava andare fuori e affrontare il paese. Per di più non aveva nemmeno un posto in cui andare, usciva soltanto per acquistare il necessario e andare al lavatoio.
D'inverno, lavare i panni le pesava. Doveva percorrere un discreto pezzo di strada prima di raggiungere la roggia dove c'erano le pietre per le lavandaie. Carica come un mulo, la cesta del bucato sporco, il cuscino per le ginocchia e, in inverno, anche un secchio di acqua calda. Quest'ultimo le serviva per immergere le mani e alleviare il dolore procurato dall'acqua gelida.

Il lavatoio, in estate, era invece un momento gioioso. Mentre lei strofinava le lenzuola sulle grandi lastre di pietra, i figli giocavano con l'acqua e la spruzzavano strappandole risate sincere. Era il 1939 e quell'estate faceva veramente caldo. Lo scroscio dell'acqua portava via i pensieri tristi. Fu così che le venne l'idea. La domenica pomeriggio, come sempre, Attilio spariva e rimanevano soli. Quella domenica, nel pomeriggio avrebbe portato i suoi figli sulle rive del fiume Orco. Passò tutta la settimana aggrappandosi a quel progetto. Per la prima volta stava decidendo qualcosa da sola. Non voleva più essere l'Evelina che subisce e sopporta, mai più. Si sarebbe presa delle piccole soddisfazioni.

Sentiva Attilio imprecare leggendo i titoli dei giornali, gridando ragionamenti contro Mussolini che aveva appena stretto alleanza con la Germania. Evelina tentava di partecipare a questi discorsi, ma era sempre zittita dal marito in malo modo: le donne non erano all'altezza di certe discussioni. Evelina cercava di colmare le sue lacune leggendo i titoli dei giornali, gli articoli erano troppo difficili per lei e quando era sola ascoltava alla radio i discorsi del Duce, ma alla fine era sempre confusa. L'unica viva sensazione che avanzava era l'ombra del fascismo e in cuor suo sperava non arrivasse la guerra.

Quella domenica dopo la messa tornarono a casa. Riposero l'abito buono e indossarono i vestiti di tutti i giorni. I bambini tolsero con sollievo l'unico paio di scarpe posseduto e iniziarono a correre a piedi nudi.
Attenta ad ogni movimento che potesse mandare in fumo il suo progetto, Evelina li richiamò «Mettete gli zoccoli, non camminate scalzi, altrimenti papà vi sgrida.»

Oggi era il gran giorno in cui avrebbe realizzato il suo piano. Finalmente come tutte le domeniche pomeriggio Attilio uscì. Aspettò un po' per assicurarsi che non tornasse indietro, poi con enorme sorpresa dei figli annunciò: «Venite, vi porto al fiume.» Urla di gioia e salti accolsero quella notizia. Percorsero via Palestro passando accanto all'asilo e sotto le mura del castello Malgrà. Guardava con gli occhi dei figli e raccontava loro le poche cose che sapeva. Scelse una pozza priva di corrente e con l'acqua bassa, all'ombra delle robinie. Mise anche lei i piedi in acqua e per la prima volta parlò ai figli. Si raccontò. Rispose alle loro domande. Spiegò la differenza tra fiume e torrente. Parlò del Po, delle passeggiate sugli argini, delle anguille, dei pesci gatto, dell'uva e dei meloni. Voleva che i suoi figli crescessero più curiosi e meno in silenzio di lei.

Tra spruzzi e domande il tempo passava tranquillo, poi Giuseppe le chiese di andare a vedere il treno alla stazione. Sarebbe stata la meta della domenica successiva. Parlò del suo viaggio attraverso la pianura Padana, del fiume Mincio e della stazione di Torino.

Il racconto fu interrotto dall'arrivo di un ragazzo che sembrava avere più o meno sedici anni, seguito da altri più piccoli e da una sola ragazza. Pure loro cercavano il fresco, pensò. Li riconobbe, erano i monelli di via Palestro. Alcuni iniziarono a pescare.

Evelina e i suoi figli furono covati con gli occhi, così come una gallina cova le sue uova. Furono fissati, squadrati e pesati. Quei ragazzi andavano in giro sempre in gruppo e mai con i genitori, soprattutto al fiume. Duilio, il figlio del vetraio di via Palestro si avvicinò e li salutò. Fu quello il primo vero contatto che Giuseppe e Giovanni ebbero con i monelli. Duilio invitò i bambini a giocare con due ragazzini più piccoli del gruppo.

Evelina, ringraziò e respinse l'invito, con le proteste del primogenito. Li portò subito a casa, con la scusa che Attilio sarebbe potuto tornare prima e si raccomandò di non metterlo al corrente della loro gita al fiume. Ritenne pure opportuno dirgli di non frequentare quella banda di scapestrati, ma sapeva già che sarebbero state parole al vento. I suoi figli, forse, si sarebbero fatti degli amici veri, non solo i vicini di casa come lei, la mantovana.
Sulla strada del ritorno, pensieri grigi si rincorsero nella sua mente. Era angosciata per il futuro. I soldi non bastavano mai e il cibo era un problema tutti i giorni. Il fascismo non le piaceva, le faceva paura e temeva per i suoi figli. Tutta la gente era preoccupata e aveva paura che scoppiasse la guerra. Adesso si era aggiunta la preoccupazione che alla fine, a scorrazzare per il paese insieme a quelle teste calde, ci sarebbero stati anche i suoi figli. Era sicura che non sarebbe riuscita a fermarli.

Quella sera, dopo tanto tempo scrisse ad Emma. Era duro scrivere per una come lei. Le parole faticavano ad essere fissate sulla carta, la sua terza elementare non la stava aiutando. Pregò Emma di raccontare qualcosa di lei alla madre Angela. E avrebbe atteso la sua risposta.

Ovunque si sentiva parlare di guerra. Attilio inneggiava contro i luridi fascisti che invadevano gli altri paesi, diceva che la Germania non la digeriva proprio.

«Arriveranno anche qui!» E imprecava in mantovano «Boia di un mondo ladro! Maledetto il Duce! Se la guerra arriva qua, tutti gli uomini saranno con lui o contro di lui! Qui ci toccherà scappare o ci ammazzeranno tutti.»

«Calmati Attilio! Spaventi i bambini.» disse la moglie, più preoccupata per il futuro dei figli che della reazione del marito.

Stranamente Attilio non replicò, ma sventolando l'indice in aria affermò: «Io baderò a voi e vi proteggerò!»

Era davvero impaurito e preoccupato, poi continuò infuocato «Io sono cresciuto sentendo mio padre dire tutti i giorni che il fascismo ci proteggeva gli interessi, che ci ha dato una patria di cui andare fieri di fronte a tutto il mondo! Ora vedo questo fascismo che ci tradisce, qui vengono a farci la pelle, ci ridurranno alla fame. Credevo fosse la strada giusta, prima mi ha tradito mio padre, poi mia madre e ora la patria.»

La moglie per calmarlo disse con il tono più disteso possibile:

«Non sei responsabile tu per le cose che sono successe alla tua famiglia, della vita dura che hai fatto da bambino, come non sei responsabile delle idee di tuo padre. Però qualcosa hai costruito, qui c'è la tua famiglia.»

«Sento che la mia famiglia è in pericolo!» urlò in risposta. «Se la famiglia di una volta era fascista perché era giusto così, io ora, non diventerò mai uno come il marito di tua sorella. Uno che è fascista pur di lavorare, un venduto che non lascia vedere la

24

sorella alla moglie, perché noi non siamo fascisti e gli roviniamo la piazza. Piuttosto che fascista preferirei scappare. »

«Per andare dove? Dove andremo?» Evelina lo guardava attonita. La domanda rimase senza risposta, mentre Attilio usciva dalla cucina accostando la porta senza sbatterla. Era rimasto calmo e mai come in quell'occasione si era aperto con la moglie. Evelina stupita e incredula, guardava la porta chiusa: era stata ascoltata e non era stata zittita. La sua condizione d'emigrata la accomunava ad Attilio anche se lei si sentiva senza patria più per l'aver cambiato paese e gente che per le motivazioni politiche del marito. In ogni caso non ci vedeva nulla di buono nel futuro e pensava che se la guerra fosse arrivata, tutti, uomini e donne avrebbero dovuto fare la loro parte.

Nessuno dei due aveva spedito i bambini in camera. Voltandosi li vide incerti se riprendere il gioco o aspettarsi spiegazioni.

«Bambini state tranquilli, vado fuori con papà.» disse uscendo a sua volta.

«Che succede?» chiese Giovanni a Giuseppe. Aveva solo tre anni, ma aveva capito che era successo qualcosa di strano. Suo fratello non rispose, si limitò a prenderlo sulle ginocchia e a farlo giocare con i sassolini che avevano raccolto in strada.

Oltre ai litigi, quell'anno fu caratterizzato da un senso di smarrimento generale che entrava in casa nei momenti più disparati, con parole o comportamenti che non riuscivano a decifrare. Questa sensazione di strano e paura si avvicinava sempre di più.

Il 10 giugno 1940 l'Italia entrò ufficialmente in guerra. Attilio rinnovò le discussioni fatte nei giorni precedenti. Alla notizia che a due soli giorni dall'inizio della guerra Genova era stata bombardata, per la prima volta temette veramente per la propria vita e per quella della sua famiglia.

Lo sguardo terreo del marito fisso su di lei e sulla sfoglia per le tagliatelle che stava tirando con cura, fece scendere un silenzio profondo. Nemmeno i figli osarono interrompere quel silenzio e giocarono con i pezzi di legno in un angolo della cucina, guardando di sottecchi i genitori e cercando di capire cos'era quell'aria pesante nella stanza. Questa volta non era colpa loro. Crebbero senza ricevere tante spiegazioni e senza essere partecipi della vita familiare. Crebbe anche la curiosità di capire quello che accadeva lì intorno, soprattutto in Giovanni: si faceva domande che di solito un bimbo non si fa.

A papà non piacciono i tedeschi e vuole scappare all'estero. Che cos'è l'estero? Sarà qui vicino o fuori Rivarolo? Da dove vengono i tedeschi? Dove sono nati mamma e papà? Ma tutti dobbiamo andare via? Ma noi qui ci divertiamo, abbiamo la nostra casa.

In una delle tante filippiche del padre contro i tedeschi e i fascisti, Giovanni notò il brivido di disagio che scosse la schiena della madre. Da intenso osservatore qual era, intuiva che nella sua vita ci sarebbero stati dei cambiamenti, ma non era ancora in grado di capire quali sarebbero stati.

Sottovoce, per non interrompere il pomposo quanto infuocato discorso del padre, che camminava spolmonandosi su e giù per la cucina, Giovanni chiese a Giuseppe «Di cosa parla papà? Chi sono 'sti fascisti, stanno con i tedeschi? Dove abitano? Tu li hai già visti?»

Come al solito Giuseppe cercò di dare spiegazioni al fratello minore. In quel momento si sentiva orgoglioso di essere il più grande. Con noncuranza, fece scendere la sua sapienza sul fratello che già lo guardava storto perché aveva capito che si voleva dare delle arie; in realtà Giovanni sapeva benissimo che Giuseppe aveva fifa come lui.

Giuseppe, strappando pezzi di giornale e facendo spallucce, con noncuranza disse «Boh... la guerra sarà un po' come le battaglie tra uno e l'altro. Forse questi tedeschi, che non so dove abitano sono fascisti, che non so cosa vuole dire, ma da come è arrabbiato papà sono cattivi. I fascisti li odia come odia i tedeschi, allora odia anche il marito della zia Irma che è fascista e pure la famiglia che aveva era cattiva, visto che era fascista.»

«Cosa è successo alla famiglia di papà?» chiese Giovanni a suo fratello.

«Non lo so. Sai che lui non parla mai. Però una volta che mi sgridava mi ha detto che lui a nove anni lavorava e era solo.»

Il ritorno della madre interruppe i discorsi tra fratelli. Tutto sembrò tornare come sempre nella cucina: la mamma presa con le faccende e i due che giocavano. Il papà rientrò solo molto tempo dopo, con il viso ancora scuro.

Nel cervello di Giovanni turbinavano le affermazioni del padre: i tedeschi stavano invadendo tutta l'Europa e sarebbero arrivati anche in Italia.

Che cos'é l'Europa? Chi sono questi tedeschi che hanno più potere della banda della via Palestro che già arriva dappertutto? Nemmeno Giuseppe che va a scuola ha saputo dirmi.

Entrambi osservavano il padre a fine giornata sfogliare giornali riciclati da chissà quale locale e imprecare contro avvenimenti tanto più cupi quanto misteriosi per bambini come loro. Recuperando pezzi di giornale dalla cesta della legna per la stufa,

Giuseppe leggeva per lui qualche titolo e qualche pezzo di articolo in un italiano stentato, per confrontare quello che aveva detto il papà con quello che c'era scritto sui giornali, ma gli articoli non erano per niente chiari.

I tedeschi vanno di qua, i tedeschi vanno di là, in paesi con nomi improbabili per loro, che non erano mai usciti nemmeno da Rivarolo. Battaglie aeree e navali, fucili e attacchi riprodotti sulle rive del fiume con grandi scenari tattici fatti di pietre, bastoni, dighe e sabbia. Lui e suo fratello, appena potevano scappavano in riva al fiume per esorcizzare la guerra che tutti speravano non arrivasse pure lì.

A Giovanni tutte queste notizie sembravano le catastrofi bibliche descritte dalle suore. Anche Dio aveva scatenato il diluvio e sperava non lo scatenasse un'altra volta, vedendo com'erano matti gli uomini.

Non so ancora nuotare bene, se arriva troppa acqua, non potrò più andare al nostro posto all'Orco. E poi come facciamo tutti, io, mamma e papà, Giuseppe a salire sulla barca, l'arca della salvezza, l'hanno chiamata le suore? E come è fatta? E dove passerebbe poi?

Ecco! Adesso al grande mistero della guerra si era aggiunta anche la religione. Lui stesso si rendeva conto di essersi infilato in questioni troppo complicate per un bimbo, ma sperava che continuando ad osservare, sarebbero arrivate le risposte. Ci voleva solo tempo e pazienza. Anche le suore dell'asilo avevano detto alla mamma che lui era troppo curioso, sempre a chiedere perché di tutto. Evelina era sempre preoccupata, con il figlio grande scapestrato e quello piccolo che non stava mai zitto, precoce avevano detto le suore.

Nel 1942 l'attenzione di Giovanni e suo fratello non erano solo concentrate sulla guerra, erano molto più impegnati a conoscere il luogo in cui vivevano. E lo facevano nell'unico modo possibile: ne combinavano di tutti i colori.

Scorrazzavano in lungo e in largo per tutto il paese. Non vi era angolo che loro e gli altri della banda di via Palestro non conoscessero. Inventavano mille trucchi per procurarsi cibo e divertimento. Avevano grande libertà di movimento, i genitori erano pressoché assenti, sempre al lavoro.

Una delle cose che lo rese possibile fu la scala a pioli appoggiata al muro del balcone della camera. Il babbo spesso li rinchiudeva in sua assenza, ovviamente per tenerli lontano dai guai e loro da qualche tempo cercavano un modo per evadere. Giuseppe intendeva usare la scala per scendere verso il basso e andare in giro per il paese. Giovanni invece, voleva usarla per salire verso l'alto, verso quel buco sotto il tetto che portava sul solaio.

Dopo una breve discussione sul pericolo di cadere dal tetto o il rischio di essere pizzicati da papà in strada, i due decisero di attuare entrambi i piani. Giuseppe avrebbe fatto salire Giovanni sul solaio, che avrebbe aspettato il suo ritorno per scendere, dopo la fuga verso il basso di Giuseppe. Il rischio era calcolato bene, potevano farlo tutte le volte che il papà fosse stato fuori casa per un po'. Fu un successo e divenne un'abitudine.

Giovanni entrò per la prima volta nel solaio sopra la sua camera. Il fieno polveroso ricopriva le volte rotonde del soffitto e ragnatele sottili velavano angoli di travi, una volta alberi, castagni forse.

Libri di chiesa, una vecchia sedia, un rastrello e una cassa di mele!

Nella penombra assaporò una renetta, mentre osservava i movimenti nel cortile di casa sua. Erano i soliti movimenti che aveva osservato tante volte: la Lina prendeva l'acqua al pozzo, il padrone di casa andava a dar da mangiare ai conigli, la nonna di Angelo, da dietro le pannocchie appese in balcone, spiava tutto e tutti. Però, tutto questo visto dall'alto, era bello. *Chissà di chi era la mela.*

Gli venne voglia di esplorare. I solai delle case di via Palestro erano meravigliosamente collegati e tranne un piccolo tratto da percorrere all'esterno sui coppi, poteva arrivare indisturbato sino al solaio del fruttivendolo, in cima alla via. Da lì poteva osservare i movimenti della piazza, e magari trovare altre mele.

Si fermò al centro del solaio. Era in equilibrio, instabile. I solai non avevano un pavimento piano. Erano rotondi come i soffitti delle camere sottostanti. Si chiamavano "volte a botte". Papà glielo aveva spiegato, una volta. Erano di mattoni. Questo non era piatto negli angoli. Alcuni solai erano riempiti negli angoli con la terra per ottenere una superficie piatta. Nel solaio del fruttivendolo c'era paglia dappertutto, solo il colmo centrale svettava con i suoi mattoni, disposti a lisca di pesce.

Sempre in equilibrio, alzò la testa e osservò il tetto. Era a punta come la maggior parte dei tetti, un po' sbilenco. C'erano delle travi grandi, ancora a forma di albero: erano la spina dorsale del tetto. C'erano anche delle assi più piccole, che sostenevano la copertura: il cantiere di legno, gli sembrava di ricordare. Questo tetto aveva i coppi, come quello di casa sua, i due precedenti avevano le lose, quelle belle pietre grandi e piatte tutte grigie.

Raggiunse la finestra tonda, quella sulla facciata della casa del fruttivendolo. Si sdraiò sulla pancia, con la testa appoggiata al mucchio di fieno e mise il muso fuori, mimetizzandosi con il fieno che ricadeva all'esterno. Era la finestra più alta della casa e dava sulla piazza. Decise che la finestra tonda era la sua postazione segreta. Finalmente poteva guardare tutto senza essere visto o rimproverato, o fatto spostare perché ingombrava.

Tutto questo guardare dall'alto verso il basso lo faceva sentire come le gazze che planano da un ramo all'altro e si avvicinano agli uomini per curiosare. Erano i suoi uccelli preferiti, gli sembravano più indiscreti e temerari degli altri. Lui però doveva essere più silenzioso, voleva essere sicuro di poter ancora tornare in questo posto magico dove era bello guardare.

Per una volta era più altro degli alberi della piazza, era più alto dei grandi, era più alto di quel prepotente di suo fratello, era più alto dei passeri che si erano appena posati vicino alla Lea che scorrendo al centro del viale sembrava portarsi via tutte le storie che si intrecciavano sulla piazza.

Uno, due, tre, quattro passerotti. Quanti sono? Dieci, trenta, cento, mille come le foglie degli alberi, non sono capace di contare fino a cinquanta, figuriamoci fino a mille.

Il dondolare delle alghe nella Lea e la danza delle foglie ad opera del vento leggero lo fecero concentrare sul movimento. Movimento del fumo che usciva lento da un camino sul tetto di fronte. Movimento della gonna della suora che stava attraversando la piazza. Si stufò rapidamente del movimento e passò ai suoni. Chiuse gli occhi. Tanti uccellini. Tac tac tac. *Cos'era?* Sì, il battere del calzolaio sotto di lui. Stava intagliando zoccoli, il tac tac era diverso da quello di quando riparava i tacchi delle scarpe. Schiamazzi, la banda. *Giuseppe, l'aquila.* La voce di suo fratello, urlava sempre più degli altri, quindi non era ancora

ora di tornare indietro per scendere. I passi delle persone si sentivano bene, quasi tutti portavano zoccoli di legno. Porte aperte o porte chiuse. Aveva consumato anche l'interesse per i suoni. Lo colpì il colore delle mele. Alcune rosse e altre gialle arrugginite. La paglia stinta, non era più gialla. La Lea aveva l'acqua marrone-verde, non azzurra come l'Orco. Le persone erano vestite tutte di colori spenti: nero, grigio, marrone, crema, blu. *Dove sono i colori allegri? Eccoli!* Le gazze con le penne blu lucenti, le foglie di tanti verdi allegri. Il cielo azzurro con tante nuvole gonfie come il bianco delle uova montato a neve delle torte di mamma. La gola rossa di una rondine che era sfrecciata sopra la sua testa. Aveva il nido nel solaio e aveva i piccoli.

Il tempo passava tra asilo, chiesa e fiume, tanto fiume, estate o inverno non importava. Passava il tempo insieme al fratello maggiore. Giuseppe cucinava per Giovanni, ma soprattutto, irresponsabile quale era, lo portava con sé nelle sue bravate.
Come quella volta che avevano rotto i vetri del negozio al macellaio. Giuseppe scappava e gridava sotto voce al fratello di correre, mentre Giovanni a bocca aperta rimaneva imbalsamato davanti alla vetrina. Giuseppe dovette portarlo via di peso. Così non andava: Giuseppe decise che Giovanni avrebbe solo e sempre fatto il palo da lontano e non sarebbe mai più partecipato.
In quei momenti Giovanni osservava lo sguardo diabolico del fratello e si chiedeva da chi avesse preso, in famiglia c'erano solo sguardi muti, rassegnati o di rabbia. Raramente si rideva. Forse è proprio per questo che dopo ogni marachella Giuseppe rideva come un pazzo. Le risa erano sempre accompagnate da danze scomposte. Mentre Giovanni aveva una paura folle che qualcuno riferisse al padre le loro gesta epiche, Giuseppe viveva nella più dissoluta tranquillità.

Quando potevano, cercavano di togliersi la fame, che non li abbandonava mai. Per questo il bottino preferito era il cibo, soprattutto le salsicce.

L'occasione per fare amicizia con il gruppo dei monelli della via, fu fornita proprio dalla fame. Un pomeriggio, dopo l'ennesimo saccheggio ai danni del macellaio, finto distratto, corsero giù al fiume. La salciccia stava arrostendo arrotolata ad un bastone, sopra un piccolo fuoco improvvisato. Sfrigolava meravigliosamente e i due non gli staccavano gli occhi di dosso, impazienti di addentare la carne che vedevano di rado. Il posto era tranquillo: le fronde degli alberi impegnate in una danza gentile. Lo scorrere continuo del fiume e il fruscio delle foglie infondevano a Giovanni una grande calma, unita allo sfrigolare della salciccia. Era il loro rifugio, l'angolo di paradiso, la costante nella loro vita.

Un rumore di sassi smossi interruppe il silenzio contemplativo. La banda di via Palestro era al completo davanti a loro. Giuseppe stava già dando l'addio a quella salciccia, pensava che gliel'avrebbero sicuramente fregata. Erano decisamente in inferiorità numerica e quelli avevano la faccia di chi ha fame.
Dal gruppo di dieci, si fece avanti il più grande «Ciao, sono Duilio. Noi abbiamo tre pagnotte di pane nero, una pagnotta di pane bianco, una bottiglia di latte delle capre di Angelo e quattro pesci che abbiamo pescato adesso. Possiamo cuocerli sul vostro fuoco e dividerli con voi?»
Non attesero la risposta e si sedettero tutti attorno al fuoco.
Giuseppe non nascose lo sguardo stupito. Li aveva sottovalutati.
«Io mi chiamo Giuseppe, lui è mio fratello Giovanni, mangiamo insieme.» Iniziò subito una conversazione fitta che non si sarebbe

più interrotta. Da quel giorno entrarono a far parte della banda della via Pal. Quel legame li avrebbe accompagnati per tutta la vita. I loro sguardi sarebbero sempre ritornati indietro a quei tempi dove la fame li divorava, ma era dimenticata grazie ai giochi e agli scherzi incoscienti, ci si divertiva con poco e si giocava con la guerra e con le armi. Quel giorno in riva al fiume divennero una famiglia. I legami scarsi a casa, erano saldi nella banda, rafforzati dal cameratismo di un gruppo sempre compatto.

Parlarono con Giuseppe. Giovanni salutò timidamente, era più interessato a scrutarli per bene.
Duilio, diciassette anni, leggeva sempre, ovunque lo incontrassero, leggeva. Tutti sapevano che voleva diventare maestro. Sua madre era la sarta del paese, suo padre il vetraio e non aveva fratelli. Con tanto buonsenso faceva da padre ai più piccoli: asciugava nasi e lavava con l'acqua dell'Orco le ginocchia sbucciate. Giovanni già lo conosceva molto bene. Dalla sua finestra sul mondo lo vedeva consegnare vetri, spesso aiutava il padre. Di solito faceva due giri, se non tre, per essere sicuro di vedere la Gina, la figlia del fruttivendolo. Aveva gesti pacati e rassicuranti, Duilio era la colla che teneva insieme quel gruppo; era stupito dell'effetto positivo su suo fratello, di solito non ascoltava nessuno.

Poi passò al bambino cicciottello dalla pelle bianca e la faccia rossa: i capelli erano leccati come il pelo di una mucca. Il cicciottello disse di chiamarsi Ferdinando e di avere dieci anni. Giovanni conosceva anche lui. Era il figlio del calzolaio. Il suo tac tac era più leggero di quello del padre, ma il suo starnuto era assai più potente, inconfondibile, echeggiava in tutta la via.

Proseguì il giro. Un altro grande, Angelo, il nipote della spiona dietro le pannocchie. Dal balcone della sua camera spesso aveva origliato i discorsi di Angelo e Duilio. Politica, guerra, ragazze. Non ci capiva un granché, ma sembravano gli unici due che non pensavano solo a combinare guai. Antonio dodici anni, Pietro dieci e Luigi sette, figli del barbiere, due portoni più in là del suo. Con i vestiti in disordine e i capelli sempre rasati. *Contro i pidocchi* si giustificavano.

Tino otto anni e Michele quindici, figli dei tessitori. Entrambi i genitori lavoravano al Cotonificio Valle Susa e erano sordi come tutti quelli che lavorano ai telai, ma almeno non avevano le braccia blu come la mamma.

Stefano detto Manuia (maniglia – per i giri di maniglia, di rimprovero che si beccava sempre dal babbo) era il figlio del materassaio. Il solaio del materassaio era irraggiungibile, dalla parte opposta di quello del fruttivendolo. Per Giovanni era una grande attrazione. Di tanto in tanto si vedevano uscire volute di polvere provenienti dai materassi battuti a gran forza dalla moglie del materassaio. Manuia indossava sempre qualcosa di lana irsuta e dai colori incerti, fatto a mano dalla sua mamma. Era una calamita per i guai, come suo fratello.

Per ultimo il più imbranato del gruppo. Il rosso, figlio e nipote dello spazzacamino, non sembrava intenzionato a seguire la tradizione di famiglia. Abitava anche lui in via Palestro, come gli altri. Era sempre impacciato e non ne faceva mai una giusta. Il suo nome era Martino, ma tutti lo chiamavano UCAS, abbreviazione di Ufficio Complicazione Affari Semplici. Sembrava uno di quegli uffici dove nulla funzionava. UCAS aveva una bicicletta tutta storta a causa delle sue continue cadute, ma era considerata un bene prezioso perché ogni tanto potevano farci un giro.

Mentre mangiavano c'era una bella atmosfera. Ci si tirava a vicenda pezzettini di bastoncini carbonizzati. Giuseppe e Tino si disegnarono strani segni sul viso. Fu proprio allora che arrivò la Gina. Si sedette con naturalezza vicino a Duilio. *E' riuscita a scappare al controllo di suo padre* pensò Giovanni. Era bella: aveva gli occhi verdi e i capelli bruni e ondulati che cadevano sulle spalle. Non l'aveva mai vista portare la gonna. Era vestita da maschio, ma era molto femminile. La sua mano scivolò all'interno di quella di Duilio e Giovanni si stupì della naturalezza di quel gesto, non lo aveva mai visto fare ai suoi genitori. Duilio divise il suo pasto con lei, poi si sedettero più in là, su due grossi massi lambiti dall'acqua. Parlavano fitto e Giovanni proprio non riusciva a sentire nulla. Si sentì in colpa a sbirciare, ma sorrise quando Duilio annodò il suo fazzoletto verde al collo di Gina. Sembrava una promessa.

Gina era l'unica femmina del gruppo. Le altre ragazze della via guardavano stizzite i monelli, strette in vestitini sulle porte di casa, dove imparavano il mestiere di pettegola da madri più esperte di loro. Gina invece era speciale: era pratica e come loro si lanciava dal ponte dell'Orco in tuffi spericolati. Non aveva paura di scomporre i capelli nelle battaglie a spruzzi d'acqua, anche se non aveva mai la meglio su Duilio. Erano coetanei e tirava bene con la fionda esattamente come lui.

Con l'ingresso nella banda della via Pal, Giuseppe e Giovanni ebbero entrambi una fionda costruita da Duilio. La "flecia" era costituita da una resistente biforcazione di un ramo di frassino alla quale era legata una striscia di camera d'aria lunga 40 cm.

Per utilizzarla si metteva una pietra al centro della camera d'aria, che tirata indietro e rilasciata con abilità dopo aver preso la mira, permetteva lanci di oltre dieci metri!

La fionda di Duilio era rafforzata nel centro della camera d'aria con un pezzo di cuoio che aiutava a contenere le pietre, ma questo non la migliorava, l'efficacia della fionda dipendeva tutta dal tiratore.

La fionda serviva per catturare uccelli e per difendersi, non si sapeva mai. L'uso che ne fece Giuseppe, ovviamente, fu ben diverso.

Mentre Evelina pagava i vetri rotti da Giuseppe, Giovanni si eclissava nel solaio del fruttivendolo. A soli cinque anni, Giovanni amava ridere in silenzio del fruttivendolo che sceglieva le mele migliori per la moglie del dottore e la adulava con discrezione. Intuiva sguardi intensi tra il cameriere dell'Albergo Europa e la figlia del fotografo, una vera gattamorta, quando passava lì davanti. Nessuna donna del paese si atteggiava come lei. Giovanni amava osservare con quale bravura si rigirava il cameriere inebetito, era una marionetta nelle sue mani.

Imparava a conoscere il paese: il sindaco, perennemente affannato, il dottore altruista e la moglie civettuola, i negozianti, alcuni avidi altri generosi, le pettegole. Imparò a conoscere i mestieri di molti e le malizie che lo rendevano remunerativo. Il negozio di scarpe, lodato davanti ai proprietari per la merce di qualità e maledetto alle spalle. Il proprietario era fascista, a quanto pare non per vocazione, ma per lavorare. Aveva paura che se non fosse stato fascista gli avrebbero bruciato il negozio, dicevano.

Vide la piazza colorata dalle varie sfumature delle stagioni e dei giorni, alcuni nebbiosi e grigi che la rendevano triste, altri soleggiati e gialli, mossi dal brio del vento o ovattati dalla neve.
La neve era un vero problema e un grosso divertimento. Camminare sulle strade ghiacciate con gli zoccoli era un'impresa. Non si riusciva a stare in piedi. Come rimedio la mamma aveva fatto piantare dal calzolaio delle borchie con strisce di cuoio sotto la pianta degli zoccoli. Effettivamente si scivolava meno, ma bisognava non farseli rubare, questa modifica era costata una fortuna. E poi bisognava stare attenti a non bagnarsi i piedi, pena prendersi un accidente.
La mamma però non era mai troppo dura nelle sue prediche. Sembrava rassegnata alla disobbedienza dei figli.

Ah, l'estate, che bello quando si cammina scalzi, anche se le pietre lungo il fiume scottano! All'inizio i piedi mi fanno sempre male, dopo l'inverno dentro a quei tremendi calzini fatti dalla mamma, non scaldano, grattugiano la pelle. Giuseppe dice che dopo un po' i piedi sotto diventano duri come il cuoio e non gli fa più male camminare scalzo. Forse ha ragione.

A Giovanni piaceva divagare tra i pensieri. Era contento di perdersi nel suo mondo. Camminare scalzo, andare all'Orco e sul solaio, andare in giro ad esplorare, guardare tutto e tutti.

Nel 1943 la miseria si era fatta sentire ancora di più. La fame continuava a torturarli.

I monelli anche d'inverno andavano sulle rive del fiume a pescare e abbrustolivano i pesci su piccoli falò improvvisati con la legna raccolta sulle sponde dell'Orco.

Nessuno di loro amava la scuola. Le suore bacchettavano le dita degli alunni disattenti e mettevano in ginocchio su gusci di noci, dietro la lavagna, i più impertinenti. Giovanni pensava: *almeno a mezzogiorno ci danno la minestra.*

Lui era più fortunato. Andava all'asilo. Suo fratello alle elementari e a casa doveva fare i compiti. Li faceva sul tavolo, spostato vicino alla stufa. Giuseppe brontolava continuamente. Il quaderno aveva delle orecchie paurose agli angoli e proprio non riusciva a tenerle piatte. Si esercitava sui fogli di giornale a scrivere bene e urlava «Bella calligrafia, bella calligrafia, è impossibile! L'inchiostro fa i baffi, accidenti se la maestra vede le macchie mi strappa tutto, uffa. Questa faccenda del calamaio con l'inchiostro nero che scappa dappertutto è complicata, uffa.»

«Dai riprova!» lo incoraggiava Giovanni mentre il fratello continuava le lamentele passando alla questione italiano, loro parlavano solo piemontese e capivano il mantovano.

L'anno successivo sarebbe stato il turno di Giovanni. A quel pensiero era spaventato. E poi suo fratello con quel grembiulino nero con il colletto bianco, era una questione ancor più grave. Gli sembrava una femmina, un signorino e non certo un bambino coraggioso di via Palestro.

A causa della guerra, la scuola fu sospesa per quasi tre mesi. Riprese il 15 febbraio 1943 nelle scuole elementari e medie. Un periodo freddo di neve e di raccolta legna sulle sponde del fiume per tenere accesa la stufa. Trascorso nelle stalle tutti insieme per riscaldarsi. I piedi perennemente freddi, la maggior parte dei bambini della via non aveva calze, i piedi nudi gelavano dentro agli zoccoli. Non sembravano però accorgersi del freddo, correvano e urlavano come sempre, sorridenti e sbraitanti.

La raccolta della legna era una necessità e un momento di gioco. Prima di caricare la slitta, si buttavano giù per i pendii vicino all'Orco. Ci salivano in tre o quattro, a volte cinque. Frenare era fuori discussione. Il bello di quella corsa sulla neve era proprio il capitombolo finale. Qualche volta finivano in ammollo nelle basse pozze gelate del torrente o contro un albero. Per fortuna la slitta non si ruppe mai. Era meglio arrivare a casa con un bernoccolo che con la slitta rotta, anche se costruita con assi di recupero, serviva e non si doveva rompere.

Nel marzo di quell'anno il padre era spesso a casa dal lavoro. Da qualche mese prendeva la Canavesana per andare in fonderia a Torino, ma non aveva fatto un grande affare. A Torino, si faceva sciopero, era pericoloso andarci, diceva lui. Si rischiava di essere picchiato dagli altri operai o arrestato dai tedeschi, aveva anche paura che lo venissero a prendere a casa. E poi poteva sempre fare il cameriere all'Albergo Europa. Giuseppe e Giovanni cercavano di fare i bravi e spesso andavano col papà a raccogliere legna e pescare.

In primavera, i monelli marinavano spensierati la scuola per andare alla "maroda": rubare frutta e mangiarla sugli alberi era un modo come un altro per sfamarsi. Qualche volta dovevano scappare per non farsi scoprire, altrimenti sai che problemi a casa! In ogni caso mangiare frutta sugli alberi era una gran soddisfazione.

Talvolta per non farsi beccare dai padroni dovevano mimetizzarsi come uccelli tra le foglie. Su quell'albero contorto di ciliegie nere, un giorno c'erano più ragazzi che uccelli. Le troppe ciliegie avevano fatto un brutto effetto alla pancia di UCAS e in quel momento il padrone passava proprio lì sotto. Sui rami a dieci metri d'altezza tutta la banda al completo era immobile, solo la pancia di UCAS emetteva degli spaventosi brontolii. Il padrone dell'albero intanto tagliava l'erba più in basso, ignaro dei suoi ospiti. UCAS che normalmente era rosso in faccia, ora era viola e non resistendo più calò le braghe e si liberò, attirando l'attenzione. Scoperti, dovettero saltar giù e fuggire in tutte le direzioni, sperando che il padrone, sempre arrabbiato, non riuscisse ad agguantare uno di loro.

Lo chiamavano "l'Urs". Mai nome fu più azzeccato. Non brontolava, ruggiva. Aveva capelli e barba incolti, proprio come l'orso furente della fiaba letta a scuola. Le mani e le unghie sempre nere e quel poco di faccia che emergeva dalla barba era rosso acceso.

La fuga, iniziata nella paura, finiva in risate squillanti e sbeffeggianti per averla fatta franca e con l'ennesima condanna di UCAS da parte del gruppo: era sempre strattonato, per partito preso.

Spesso Duilio leggeva dei bellissimi libri ai monelli. Era l'unico momento in cui riusciva a farli stare fermi. Nella memoria di tutti rimasero "Ventimila leghe sotto i mari", "La capanna dello zio Tom", "Cuore".

41

Duilio insegnò ad alcuni di loro a riconoscere le lettere o a leggere meglio. Spiegava la morale di un certo passo o del libro intero. Sperava in questo modo di lasciare una traccia di saggezza in quei bambini.

D'estate rubavano anche pannocchie da abbrustolire.

L'Orco, la loro seconda casa li rallegrava, li intratteneva, li sfamava e ora diventava teatro di discorsi importanti per i più grandi.

Duilio, Angelo e Gina parlavano di scappare sulle montagne. Non volevano finire nelle mani dei tedeschi o essere al loro soldo. I più piccoli della banda cercarono di infilarsi in quei discorsi, ma per la prima volta furono estromessi e invitati a giocare. Di solito irriverenti e insistenti i monelli non disubbidirono a Duilio, intuivano una preoccupazione e una serietà mai viste fino ad allora. Giovanni, scocciato di essere stato escluso, rinunciò al bagno insieme agli altri e si appollaiò su una pietra, fingendosi concentrato in uno scavo con un bastoncino, mentre tendeva l'orecchio verso i tre. Parlavano di andare in alta valle dell'Orco o in val Soana, insieme ai partigiani e di sparare ai tedeschi.

Chi sono questi partigiani? Sicuramente sono buoni se vogliono mandare via i tedeschi. E poi, Duilio sparare? E dove lo prende il fucile? E cosa deve fare la Gina che é una ragazza?

Troppe domande, sempre di più e Giovanni aveva bisogno di risposte che non arrivavano.

Il 13 luglio, in piena notte corsero tutti giù al fiume. La mamma entrò agitata nella loro camera.

«Presto alzatevi, che usciamo. Subito!» disse.

«Ma io voglio dormire!» protestò Giuseppe, nascondendo la testa sotto la coperta.

«Che succede?» disse Giovanni.

«Alzatevi, dobbiamo correre giù al fiume, forse arrivano gli aerei.» rispose.

«Chi te l'ha detto?» chiese Giuseppe.

«Non discutere, usciamo.» ordinò Evelina.

«Tirano le bombe?» chiese Giovanni scendendo dal letto.

«Speriamo di no.» e li spinse giù per la scala.

Corsero fuori nella via, tutti correvano verso l'Orco, tutta la via Pal era al fiume, tutto il paese era al fiume, parroco compreso. Verso Torino un grande bagliore arancione, *il più grande bombardamento* dicevano, con la paura che sarebbe arrivato anche lì. Nei giorni successivi, la paura che le bombe cadessero su Rivarolo, congelava gli animi. Il calzolaio, il papà, il fruttivendolo appartati parlavano della caduta del regime. Giovanni e Giuseppe non avevano le idee chiare al proposito, ma dicevano *le cose si stanno mettendo male per i tedeschi*, imitando i grandi, anche se non capivano perché erano loro che continuavano a mangiare poco.

Quel giorno a casa, era il 27 luglio, dopo il pranzo, Attilio uscì con un «Ci vediamo questa sera, prepara cena, vado a Torino a vedere e cosa succede.»

Pochi giorni prima, il 25 luglio 1943 era caduto il governo Mussolini, gli antifascisti torinesi erano andati alle carceri "Nuove" e avevano liberato alcuni detenuti politici. Attilio voleva avere contatti con la prima linea degli antifascisti.

Evelina non sapeva nemmeno perché l'avesse coinvolta in questo suo progetto, di solito le donne non partecipano, obbediscono.

Forse lui era più preoccupato e spaventato di quello che dava a vedere. Era impaurita anche lei, credeva pericolose le mosse del marito e non riusciva a capire fino a dove volesse spingersi.

Lui, che aveva ricevuto un'istruzione da signorino fino agli otto anni e, a quanto si diceva, era cresciuto a pane bianco e politica prima del disastro familiare, forse aveva le idee più chiare di lei. «Dove vai?» domandò sconcertata. Lui rispose secco: «Mi hanno insegnato ad amare la patria, lo diceva anche mio padre che il fascismo voleva gli italiani fieri della propria patria libera. Gli stranieri, ognuno a casa sua. Non è più il fascismo di una volta. Adesso ci sono molti che sono contro il regime fascista. Ce la stanno togliendo la libertà, anzi ce la hanno già tolta. Tanti come me e meglio di me pensano di resistere a questo regime. Vado giù a Torino per vedere con i miei occhi. Starò attento.»
Attilio diede un bacio sulla fronte a Evelina e girò i tacchi senza neanche attendere un commento. Evelina osservò il vuoto lasciato dalla giacca del marito sulla sedia e sedendosi, stupita da quel bacio in fronte pensava *No, no... lui non bacia MAI la sua nanu cari e non spiega mai niente. Questa sera mi racconterà tutto quello che ha visto a Torino. Parlerà, canterà come un uccellino ... nessun silenzio.*

Erano le due del pomeriggio e Evelina sperava che le ore passassero in fretta, in ogni caso suo marito sarebbe tornato per cena, come tutte le altre volte. Attilio, infatti, arrivò, anche se più tardi, erano già seduti a tavola con davanti una patata ciascuno, non c'era altro per cena quella sera.

«Guardate un po' cosa vi porto: tre pesche, due grossi pomodori e una bella testa di insalata che ha patito un po' il treno, ma basta lavarla!» disse Attilio, tirando fuori da un sacco di tela e appoggiando sul tavolo.
«Ma dove li hai presi? Chi te li ha venduti?» chiese Evelina, sgranando gli occhi.

«Venduti, venduti... beh erano lì senza padrone e li ho presi, qui abbiamo gente che ha fame!» disse con un sorrisetto da furbo rivolto ai suoi figli.

«Ma li hai rubati!» esclamò scandalizzata Evelina.

«Sì li ho rubati! E poi, rubati che parola grossa, voi non rubate... eh ragazzi! Allora si mangia?» disse Attilio.

Si guardarono tutti e poi mangiarono.

Subito dopo cena, alle otto e mezzo, il padre ordinò ai figli di andare a dormire e li chiuse a chiave nella loro camera. Questa era una consuetudine radicata nella convinzione che chiudendoli sotto chiave non avrebbero potuto combinare guai. Era concesso solo il bacio della buona notte da parte della mamma.

Evelina, abituata alle porte aperte del Palidano e alla vita in comune di una grande famiglia, non capiva questa mania di rinchiudere i figli, ma non osava in questo momento contrariare il marito perché voleva sapere.

Così presto, proprio non ho sonno. Papà non riesce a capirlo.

Appena il padre scendeva le scale scattavano battaglie con i cuscini e grandi salti sul letto. Nell'ultima battaglia erano caduti valorosamente i due quadri di San Pietro con la chiave e della Madonna con il Bambino. Sapendo di non poterli assolutamente rompere, prima di iniziare la ballata sul letto decisero di proteggerli mettendoli sotto il materasso; avrebbe attutito i colpi e non avrebbero potuto sradicarli inavvertitamente dal chiodo sulla parete con un calcio o una manata. Il ragionamento non faceva una grinza.

I risultati non si fecero attendere. Dopo mezz'ora di battaglia i cuscini iniziavano a rilasciare piume che svolazzavano gaie sempre più in alto, riportando alla realtà i due scapestrati. Uno sguardo di orrore e panico balenò nei loro occhi. Immediatamente saltarono giù dal letto e alzarono il materasso: i vetri dei quadri erano rotti.

«Buttiamo i vetri in strada, riappendiamo i quadri, non se ne accorgerà!» disse Giuseppe. Giovanni paralizzato dalla paura assentì con la testa e iniziò a raccogliere meticolosamente le piume per rimetterle dentro i cuscini. Ora erano tutte sul pavimento e sul letto, non sembravano più così piacevoli come quando svolazzavano ovunque.

«Non dobbiamo dimenticarne neanche una!» disse Giovanni.

Sfiniti, più tardi crollarono sul letto. Spensero la lampada ad olio che miracolosamente si era salvata. «La prossima volta, la lampada, dobbiamo metterla in un posto più sicuro. Sopra all'armadio, forse.» concluse Giovanni.

«Sì, sì, smettila di preoccuparti, che ci è andata bene.» brontolò Giuseppe.

Giuseppe e Giovanni nel buio della stanza, tagliato solo dalla tenue luce della luna che filtrava dalle imposte, cercavano di dare delle risposte a domande più grandi di loro.

Con il pensiero fisso di aver dimenticato qualche piuma e irritato dall'atteggiamento del fratello, Giovanni scrutava il buio cercando di intuire i contorni dei pochi oggetti presenti nella stanza. Conosceva bene cosa c'era intorno a lui. Per la verità ben poco. La fioca luce lunare creava righe distorte sul muro, sopra la testa. La porta che dava sul balcone era proprio di fronte al letto, senza tendine e con i vetri sottili. Sopra la loro testa i due quadri superstiti e una crepa nel muro. Lasciava intravedere le pietre sottostanti, infatti c'era una macchia scura. Nel muro sulla sua destra, la porta di legno dipinta di chiaro, dava sulle scale e la stufa, nella parete opposta, era muta, non crepitava come d'inverno. L'armadio invece, creava una grossa macchia nera sulla sinistra.

Non aveva paura del buio e spesso erano confinati in camera troppo presto per avere sonno, nonostante le giornate intense. Fece scivolare fuori dalle coperte una mano e la alzò verso l'alto con tutto il braccio. Iniziò a fare movimenti circolari osservando le ombre allungate che danzavano impercettibili sul muro. Era fresco e piacevole stare con il braccio fuori, ma presto in camera avrebbe fatto freddo e nella notte non avrebbero neanche messo il naso fuori dalle coperte. Il peso delle due trapunte di lana che li teneva caldi durante l'inverno li schiacciava come un macigno non permettendo il minimo movimento. Per fortuna, in pieno inverno, la mamma avvolgeva in panni smessi di lana due pietre di fiume, scaldate nel forno della stufa, e le metteva in mezzo al letto. Anche Giuseppe era sveglio. Non teneva mai i piedi fermi, nemmeno quando dormiva, sembrava sempre dovesse scavare una galleria. Lui affermava che quello strofinare serviva a scaldarseli. La sua testa era affondata nel cuscino di piume d'oca, ma siccome cambiava spesso posizione, rimaneva un buco e ogni volta prendeva a pugni il cuscino per ridistribuire le piume.

«La mamma di sotto sta parlando di guerra con papà, come Duilio oggi al fiume. Ha detto che scappa in montagna per sparare ai tedeschi. Dove lo prende il fucile? Perché non può rimanere qui?» ruppe il silenzio Giovanni.

«Se rimani qui e sanno che non stai con loro ti portano via e ti imprigionano.» commentò il fratello.

«Che cos'è un bombardamento? » chiese ancora Giovanni.

«Arrivano gli aerei, buttano giù le bombe che rompono i ponti, le case, le fabbriche e noi dobbiamo scappare.»

«Ma come facciamo a sapere quando arrivano gli aerei?»

«Boh, suoneranno la campana, la sirena, andranno a dirlo a tutti. Ho sentito che se succede bisogna andare all'Orco, come l'altra volta, così ci mettiamo in salvo. Non chiedere niente a papà, non credo voglia che noi chiediamo, è meglio che stiamo zitti come sempre, è più agitato del solito.»

Giuseppe si rigirò nel letto di paglia di granturco scricchiolante e iniziò a russare beato, lasciando Giovanni con le sue mille domande. Il sonno proprio non veniva, ma quando arrivò fu agitato da aerei che sfrecciavano sulla loro casa lanciando caramelle al posto di bombe. Anche se stava sognando si rese conto che era impossibile e di quanto avesse voglia di caramelle. Lo scricchiolio del materasso rimbombava nelle sue orecchie come se fossero bombe lontane che vedeva cadere nell'Orco e affascinato contemplava i grandi spruzzi d'acqua che sollevavano fino al cielo pesci di tutte le forme e colori. Il miagolio del gatto innamorato sul tetto gli pareva una sirena che urlava a tutti di scappare. Si svegliò ansimando agitato. Pensò se la guerra sarebbe davvero stata come l'aveva sognata. Non sapeva quanto tempo era passato, Giuseppe dormiva ancora e russava, ma gli era chiaro che voleva sapere di più. Si sdraiò di nuovo e ascoltando il suo respiro finalmente arrivò il sonno profondo, quello senza pensieri.

Poco prima, di sotto in cucina, Evelina era seduta al tavolo, con le mani appoggiate per sostenersi. «Cosa hai visto a Torino? Cosa succede?»

Attilio spiegò. Questa volta la moglie poteva partecipare. Era spaventato, ma reprimeva la paura e per la prima volta aveva bisogno di confidarsi con qualcuno che conosceva.

«A Torino ci sono tanti detenuti politici in carcere. Gente che non accetta quei maledetti fascisti. Alcuni invece di essere liberati finiranno nei campi in Germania. O sei con loro o contro di loro. I comunisti stanno facendo propaganda perché la gente si organizzi e combatta i fascisti, per far cadere il regime e rendere l'Italia libera. C'è un gruppo che si chiama Comitato di Liberazione Nazionale del Piemonte: dice che non basta manifestare e fare scioperi, bisogna ottenere la libertà di stampa, delle persone e spazzare via questo governo. In poche parole sparare per fare piazza pulita. Anche i padroni delle fabbriche si sono resi conto che i fascisti non li proteggono e non proteggono nemmeno i loro soldi. Sarà contento il cognatino ignorante! Sarà la guerra civile. Chiameranno tutti noi uomini a combattere e se non sarai con i fascisti sarai considerato un bandito che combatte per cacciare i tedeschi. Devo decidere se scappare o stare con i fascisti.»

«Cosa ne sarà di noi?» chiese Evelina.

«Non lo so.»

In quel momento Evelina dimenticò i tanti dissapori della loro vita in comune. Per la prima volta lo sentiva vicino a lei, le aveva concesso fiducia confidandosi. Intuiva che il marito adesso si credeva senza patria, sembrava che le basi del suo essere uomo si fossero sgretolate sotto i suoi stessi piedi. Le certezze che si era costruito crescendo nell'assenza di una famiglia stavano svanendo. Era così anche per lei: potevano basarsi solo sulla sopravvivenza quotidiana, su un tirare avanti meno peggio che si poteva.

Quell'estate fu la più pesante per Attilio. Sul tavolo della cucina passavano giornali con titoli e notizie sempre più funeste. Attilio ringraziava il cielo di lavorare ora in una fonderia a Torino e non alla Fiat Mirafiori. Ma quanto sarebbe durato?

I titoli dei giornali erano letti di nascosto anche dai figli. Non capivano molto di quegli eventi se non la gravità degli stessi. Il 27 luglio fu imposto il coprifuoco.

Perché non possiamo girare come vogliamo? Che facciamo di male se andiamo al fiume all'ora che ci pare?

Dalle ore sei e mezza di sera alle sette del mattino successivo non si poteva uscire, bisognava oscurare le finestre con dei teli scuri così gli aerei non avrebbero visto le luci delle case dall'alto.

Il mattino dopo, in cucina, Giovanni e Giuseppe trovarono un manifestino sul tavolo.

EVACUATE LE CITTÀ!
Ricordate che la guerra è giunta alle porte dell'Italia e che i colpi che si preparano sono molto più gravi di quelli già da essa subiti.

«Papà che cos'è?» chiese Giuseppe.
Attilio commentò: «Stanno invitando la gente ad andarsene dalle città per non essere uccisi dalle bombe. È un volantino che hanno buttato gli aerei inglesi o americani su Torino, per avvisare che bombarderanno.»
«Dobbiamo scappare anche noi?» fu la replica di Giovanni. «No, non ancora.» rispose il padre accarezzandolo sulla testa.

3 agosto. I detenuti politici che erano stati liberati dalle carceri Nuove devono riconsegnarsi entro tre giorni. Ancora echi di bombardamenti su Torino. Ancora corse in riva al fiume. Ancora bagliori di fuoco in lontananza.

Al fiume Duilio, Gina e Angelo parlavano di avere contatti con quelli che chiamavano ribelli. Avrebbero partecipato anche loro alla liberazione dell'Italia dai tedeschi. Giovanni cercava di capire chi avrebbero contattato, i nomi di questi sotterranei organizzatori dell'esercito del popolo come lo aveva chiamato Duilio.
Pasticceria Vernetti di Cuorgnè. Una riunione clandestina. Invitati solo gli amici fidati. Organizzarsi per opporsi ai tedeschi e impedire che al posto di comunisti neri ci governino quelli rossi dopo aver mandato via i tedeschi. Lotta per la democrazia, per la libertà. Paroloni altisonanti difficili da interpretare, seguiti da imprecazioni mentali per non riuscire a sentire meglio e a capire.

Beccato! Beccato a spiare! Mi ha visto! Duilio mi ha visto e anche Gina, ma no, sono ben nascosto dietro la pianta, c'è il cespuglio.
Oh oh, mi guarda male, cavolo se mi guarda male Duilio.

Lo sguardo severo, ma al tempo stesso impensierito di Duilio, da sempre assillato da Giovanni, fece risaltare il disappunto di chi pizzicato sta ficcandosi in questioni che non lo riguardano.
Giovanni saltò fuori dal cespuglio e disse urlando a Duilio «Ho bisogno di sapere, non sono piccolo e stupido! Cosa farete? Chi sono quelli che volete mandare via? I soldati cattivi? E chi volete aiutare? Voglio venire anch'io!»
«E' troppo pericoloso. Tu hai solo sei anni. È già dura per tutti. Dimentica cosa hai sentito. Se dici qualcosa alla persona sbagliata

51

sono guai per noi. Non potremo aiutare la nostra gente, non potremo aiutare noi stessi. E ora vai a casa.» ordinò in modo indiscutibile e fermo Duilio.

«Giovanni,» disse Gina «forse potrai aiutare me o forse la tua mamma potrà aiutarci, ma ora è troppo presto. Pulce non ti preoccupare, pensa a divertirti. Tieni, queste sono due caramelle. Portane una ad UCAS, laggiù guarda.» e gli diede un bacio sulla guancia.

Giovanni era arrabbiato. Ma quale divertirsi! Io voglio rimanere incollato a Duilio. Va bene sarà pericoloso, quei tre staranno anche per diventare dei banditi, ma sembra una cosa buona. E poi io so stare zitto. Non voglio che si facciano male, ma di chi ci si può fidare e di chi no?

La sua curiosità era pari o maggiore al silenzio che regnava in casa sua. Dei problemi non si parlava mai. Bastavano gli sguardi a spiegare le difficoltà di quella vita grama. Per reazione al fatto che i bambini dovevano sempre stare zitti, lui diventava sempre più curioso. Ed ora anche Duilio lo escludeva. Tornando a casa, scrutava imbronciato i visi delle persone in cerca di chi fidarsi. Intravide suo zio.

Il marito della zia Irma. Di lui di sicuro non ci si può fidare, il papà dice che ha la tessera del partito. Di quale partito? Quello dei cattivi. Il partito è la banda dei cattivi. Papà dice che è il lecchino dei fascisti. Un lecchino, leccherà davvero le scarpe? A lui non piacciamo. Papà dice che gli piacciono solo i soldi e per proteggere i suoi soldi, quello è disposto a fare di tutto. E il cugino Adriano non gioca mai con noi, è come lui, sempre vestito tutto elegante. Preferisce prenderle dalla banda di via Pal che sporcarsi i vestiti. E poi non capisco perché devono picchiarsi per far vedere che sono i più forti, anche Duilio lo ha spiegato - A volte le parole sono meglio delle mani! – Bah, non ci capisco più niente, nessuno capisce più niente.

17 agosto. Gli operai scioperanti della Mirafiori vengono accolti dalle mitragliatrici.

I figli sentono il padre criticare i capitalisti difesi dal regime. «La cosa peggiore è averne uno in casa, il cognatino collaborazionista, il venduto, lo odio.»

Si tornava a parlare dello zio. Venne definito come una spia, un uomo senza principi. Giovanni avrebbe informato Duilio. La sua prima mossa per collaborare in prima persona. Origliare i grandi era più interessante di qualsiasi gioco e far parte della partita in cui stava per infilarsi Duilio sembrava ancor più interessante, ma capiva soltanto tedeschi no, inglesi e americani sì.

19 agosto. Gli operai che scioperano vengono arrestati.

Per fortuna il papà è a casa, non è andato a Torino. Sentilo come urla! Meglio scappare al fiume. Devo nascondermi meglio, se vedo Duilio, Gina e Angelo.

Voleva origliare meglio e per caso trovò un ottimo nascondiglio. Era sdraiato su un ramo dell'enorme ciliegio. Duilio, Gina, Angelo e altri tre che Giovanni non conosceva, si erano spostati a parlare di complotti, lontano dai piccoli della banda. Trattenne il fiato e ascoltò. Forse questa volta avrebbe capito qualcosa in più. Non doveva fare il minimo movimento, non doveva farsi scoprire, Duilio questa volta lo avrebbe sculacciato. Finalmente avrebbe capito in che esercito avrebbero combattuto i suoi amici, dove e quali erano i loro piani. Era eccitato e sembrava uno di quegli scontri tra la banda di via Pal e la banda di Feletto. Sembrava un complotto di grandi dimensioni, aveva mal di pancia dalla paura di essere scoperto, perché in cuor suo sapeva che gli amici stavano rischiando grosso.

Apprese così, che vi erano state più riunioni clandestine a Cuorgné. La voce si era sparsa. Erano in molti che volevano la libertà. Sapevano che era prossimo l'arrivo dei tedeschi in Canavese, li avrebbero combattuti con l'aiuto e il sostegno della popolazione. Facevano difficili discorsi politici che Giovanni non capiva. I partecipanti non si chiamavano per nome e parlavano sotto voce. L'appostamento fu inconcludente.
23 agosto. La radio cantava non solo le canzoni preferite della sua mamma, ma anche notizie minacciose e incomprensibili. La guerra in tutta Europa continua e Hitler per evitare che l'Italia firmi un armistizio, prepara l'invasione del territorio italiano.

Chi è questo Ittler? E' il fascista più cattivo di tutti? Più di quel Mussolini, quello dei titoli dei giornali, così cattivo e italiano? Arrivano i carri armati anche qui?

Nemmeno dalla sua postazione privilegiata sul solaio, scorse novità apprezzabili dai movimenti del paese. Anzi una cosa la notò. Duilio e Gina erano più uniti che mai, si scambiavano cenni d'intesa, sguardi intensi, ma non come quelli degli innamorati. Non doveva perderli d'occhio, erano loro la chiave per capire di più.
30 agosto. Giuseppe approfittando della distrazione dei genitori, erano in cucina per la cena, iniziò a giocare vicino alla stufa e prese il giornale facendo finta di creare una galleria. La posizione era ottima per leggere i titoli. Giovanni, piombò sul finto gioco

con l'intenzione di farsi dire dal fratello cosa stava leggendo. Sottovoce Giuseppe lesse: « ...il Partito Comunista organizza la propria direzione nazionale soprattutto nelle zone industriali. I partiti antifascisti si stanno organizzando per la liberazione del paese... Ci liberano? Boh!»

Liberazione! Sul giornale stavano parlando anche di Duilio! Pure lui voleva mandare via i tedeschi!

«Vogliono mandare via i tedeschi!» disse al fratello.

I primi giorni di settembre furono febbrili per Giovanni. Aspettava l'inizio della scuola e allora non avrebbe più potuto seguire Duilio. Divenne scaltro, invisibile, era l'ombra di Duilio e Duilio stesso sembrava non accorgersene.

Lo vide prendere contatto con il prete della Parrocchia di San Giacomo. Duilio raramente entrava in Chiesa, quel pomeriggio invece andava a pregare. Doveva andare in Chiesa anche lui e senza far rumore. Scelse la porta laterale, sempre aperta. Si tolse gli zoccoli e si nascose dietro l'ultima colonna nella navata di sinistra, solo pochi banchi dietro a Duilio.
Lui era inginocchiato con le mani giunte e davanti a lui, era seduto Don Ornato che gli voltava le spalle. Di certo non si stava confessando. Il prete era d'accordo con Duilio. Avrebbe sostenuto tutti coloro che arrivati da lui in fuga dall'esercito regolare non volevano finire nelle mani dei tedeschi. Chi voleva aiutare la causa sarebbe stato mandato dalle persone giuste per raggiungere quelli che combattevano per la libertà. La cripta sotto la chiesa avrebbe nascosto armi, vestiti e persone ai fascisti. Il parroco avrebbe mentito, se necessario, per coprire tutti i

fratelli della sua parrocchia e quelli che volevano essere liberi. Intuendo che avevano finito di parlare, Giovanni uscì e si nascose nell'angolo dell'oratorio, adiacente alla Chiesa, attendendo la prossima mossa di Duilio. Lo seguì di nuovo, da lontano. Strisciando contro i muri, l'umidità fiorita si attaccava ai vestiti, lasciando una patina bianca simile al sale.

Lo vide passare davanti alla farmacia e scambiare un cenno d'intesa con il farmacista miope e baffuto. Lo vide suonare il campanello del medico condotto, il dott. Baudino e entrare nel suo studio. Da sotto la finestra usciva un intenso odore di lavanda messa dappertutto dalla governante. Anche lei quando passava lasciava ondeggianti tracce di lavanda, al contrario della moglie del dottore che diceva di usare "Contessa Azzurra" di Giviemme, ma nella prima misura da 5 centilitri, che costava meno; in ogni caso lo faceva notare a tutti. Abbandonando le divagazioni, Giovanni cercava di capire cosa dicevano, era stupito dalla determinazione di Duilio.
Poi Duilio camminò di buon passo fino al castello Malgrà. Si accomodò sotto un albero, sprofondando le spalle nella sua giacca e iniziò a parlare.

Sta parlando da solo. E' matto. No, non è matto. Devo avvicinarmi di più.

Si mise più arretrato rispetto a Duilio, a una decina di metri circa, strisciando tra i cespugli di felce e il tronco di un albero caduto malamente al suolo. Era veramente esposto, ma voleva sapere chi fosse l'interlocutore di Duilio.
Nascosto nel fosso sotto il castello, di fronte a Duilio, vi era un uomo del quale si intravedevano solo i baffi e piccoli occhi neri.€

Quello sguardo lo conosco... e anche quei baffi!

Cercò di concentrarsi sulla voce socchiudendo gli occhi, le immagini tutto intorno diventavano sfocate, ma i suoni erano più cristallini. I discorsi erano simili a quelli fatti con il prete. Ricerca di appoggi per il Gruppo Canavesano della Resistenza. Ecco come si chiamavano i combattenti di cui faceva parte Duilio. Riconobbe il contatto. La voce salda e decisa era il maresciallo dei Carabinieri di Rivarolo. I Carabinieri non si sarebbero schierati apertamente contro con i partigiani, ma nemmeno a favore. Avrebbero operato una discreta tolleranza e coperto le operazioni di aiuto o di ostacolo ai tedeschi. Sarebbero rimasti al loro posto, agli occhi dell'invasore.
Per Giovanni questa era una rivelazione. Aveva saputo di più in un pomeriggio che in tanti giorni di osservazione e attesa. Il maresciallo se ne andò, mentre Duilio faceva finta di dormire con un filo d'erba in bocca. Quando il Maresciallo non fu più visibile, Duilio disse: «Esci da lì e vieni qui. O ti devo venire a prendere?»
Era stato scoperto. Dopo tutto Duilio era più attento di quanto aveva creduto. Mortificato e con una fifa nera andò da lui, lo sguardo basso come un cane bastonato. Si aspettava una ramanzina solenne e delle sculacciate, ma non fu così: sul viso di Duilio vi era un'espressione calma e la bocca era increspata in un piccolo sorriso. Aveva un'espressione tra il canzonatorio e adesso ti sgrido.
«Cosa si deve fare con te? La finisci di cacciarti in cose più grosse di te? Se ti succedesse qualcosa non me lo perdonerei. Siediti qui con me, parliamo.»

Giovanni quel 5 settembre ebbe tutte le risposte cercate fino ad allora. Duilio aveva capito che l'unico modo per toglierselo dai piedi era spiegargli tutto. Dopo tutto a giorni avrebbe capito in ogni modo e in modo anche più brutale.

Duilio spiegò a Giovanni che avrebbe fatto parte di un gruppo di ribelli (così erano chiamati dai tedeschi), di uno dei tanti che si stavano organizzando in pianura e sulle montagne per cacciare i tedeschi. Non erano un esercito vero e proprio, erano combattenti che stavano cercando di organizzarsi, ognuno apportando le proprie forze e il proprio entusiasmo, non importavano le diverse idee politiche o la nazione di appartenenza, si combatteva tutti per la giustizia e la libertà. Si organizzavano per raccogliere gli ex esercito, gli ex prigionieri. Lui aveva già radunato alcuni russi e polacchi, e creare delle basi in montagna, con viveri e armi, aiutati da persone fidate. Duilio stava diventando un punto di riferimento per un gruppo di combattenti della lotta clandestina, per questo Giovanni sarebbe dovuto stare lontano da lui e dimenticarne il nome per il bene suo e delle loro famiglie. I combattenti non avrebbero avuto più contatti con le loro famiglie per evitare che i tedeschi le colpissero per sgominare la loro organizzazione clandestina. I partigiani stessi avrebbero conosciuto dei compagni solo il nome di battaglia. Meno si sapeva più era sicuro.

Alla fine del discorso Giovanni abbracciò a lungo Duilio in un silenzioso ringraziamento. «Spero di rivederti,» disse «cercherò di aiutarvi.»

Si avviò verso casa col cuore pesante. Aveva sperato che le spiegazioni gli avrebbero dato pace, ma non fu così.

Chissà quale sarebbe stato il nome di battaglia di Duilio e quello di Gina? Come avrebbero fatto a stare lontani quei due che erano sempre appiccicati e così speciali?

Giovanni era confuso, ma deciso a parlare con la mamma per chiederle di aiutare tutti quelli come Duilio.

Le notizie non si leggevano solo più sui giornali, ma per la prima volta apparvero anche sui muri di Rivarolo.
Il Comitato di Liberazione Nazionale parlava alla gente attraverso manifesti che venivano attaccati ai muri delle case. Il muro in cima di via Palestro, all'angolo con il negozio del fruttivendolo, era uno di questi. Giovanni spesso costringeva suo fratello ad andare in cima alla via, per controllare se ci fosse un nuovo manifesto, farselo leggere e poi correre al fiume, sperando di incontrare Duilio.

Questo fu il primo manifesto letto da Giovanni, dai monelli e da tutta la via. Intere famiglie stavano davanti al manifesto, chi in silenzio, chi commentando.

8 settembre 1943

ITALIANI!
La guerra fascista è finita!
E' stato firmato l'armistizio, è finita la nostra alleanza con il fascismo.
Ci saranno ritorsioni
I fascisti ci colpiranno e si vendicheranno della volontà del popolo italiano a riconquistare la libertà.
Popolo
I cittadini devono aiutare l'esercito e sorreggerlo in tutti i modi per cacciare l'invasore.

ITALIANI!
In nome di tutti quelli che sono già caduti per la libertà arruolatevi nel **Fronte Italiano per la Resistenza** arruolatevi nei **Volontari della Nazione Armata.**

Il Partito d'Azione
La "Radio Nazionale Fascista" invita l'esercito italiano a collaborare con i nazisti: cittadini non ascoltateli, questo è un incitamento alla guerra civile, alla Resistenza, alla conquista della **LIBERTA'.**

ITALIANI COMBATTETE NELLA RESISTENZA CONTRO I TRADITORI CHE CI CHIAMANO BANDITI!

I monelli guardavano a testa in su le espressioni degli adulti spaventati, contagiati dall'ansia crescente. Giovanni invece osservava Duilio. Il suo sguardo era fiero, chiaro e coraggioso e incrociava in silenzio quello altrettanto deciso di Gina.
Duilio e Gina si allontanarono subito dal gruppo chiassoso riunito davanti al manifesto. Si avviarono al fiume. Giovanni ormai non era più interessato ai commenti della via, seguì Duilio e Gina. Anche gli altri della banda fecero lo stesso.
Andarono a sedersi intorno a Duilio e Gina. Il silenzio fu interrotto da Giovanni, sempre taciturno, che stupì tutti. «Quando andrete in montagna?» chiese.
«In montagna ci andrò solo io.» disse Duilio «Raggiungo i partigiani delle GL[(1)], Gina rimarrà qui e porterà informazioni,

1 Giustizia e Libertà

farà la staffetta. Voi dovete dimenticare quello che vi abbiamo detto e non dirlo mai ai tedeschi o ad altri del paese, ne va della nostra vita.»

«Come vi chiamerete?» chiese Giovanni.

Duilio scosse la testa in segno di dissenso e nessuno insistette.

«Che cos'è l'arstirmirzio?» chiese Manuia.

«Cosa vuol dire GL?» chiese UCAS.

«Dove li trovi i partigiani?» chiese Antonio.

«Dove porterà informazioni Gina?» chiese Giuseppe.

«I tedeschi spareranno anche qui?» chiese Giovanni.

Duilio con infinita pazienza, conscio che i genitori di quei bambini non gli avrebbero spiegato tutto quanto, spiegò. Disse che l'8 settembre il maresciallo Badoglio aveva annunciato alla radio che l'Italia si era alleata con gli inglesi e gli americani per scacciare l'oppressore tedesco e questo era l'armistizio. I tedeschi si sarebbero vendicati sulla popolazione, per questo il Comitato di Liberazione Nazionale aveva chiesto ai cittadini di diventare partigiani, ovvero combattenti per la libertà dell'Italia, aveva chiesto ai soldati italiani di ribellarsi a Mussolini e ai fascisti e di combattere a fianco dei partigiani. I partigiani stavano stabilendo le loro basi in montagna e si stavano organizzando come un esercito vero e proprio per combattere i tedeschi. Spiegò che lui avrebbe fatto parte di una di queste divisioni di Giustizia e Libertà, in valle Orco. Tutti avrebbero dovuto aiutare i partigiani, anche la popolazione, coprendoli, nascondendoli ai tedeschi, non parlando, non dando informazioni di nessun genere sulla loro identità o posizione. Le mamme li avrebbero aiutati portandogli di nascosto gli abiti. Sarebbero stati organizzati rifornimenti di viveri e armi che i tedeschi non dovevano vedere. Le staffette come Gina, avrebbero fatto passare informazioni importanti per la guerra contro i tedeschi tra i vari gruppi di partigiani. Non avrebbero usato più i loro veri nomi, non avrebbero più contattato le famiglie e non avrebbero più riconosciuto gli amici per proteggerli dai tedeschi.

Disse anche che a parte loro tutto il gruppo era troppo piccolo per pensare a cose così pericolose e ordinò di dimenticare le spiegazioni di quel giorno. Ordinò di dimenticare Duilio e Gina. Augurò buona fortuna a tutti perché l'indomani lui al fiume non ci sarebbe più stato.

Duilio si alzò, prese per mano Gina e andò con lei nel solito angolo. Erano veramente innamorati e i loro sguardi dicevano più delle parole che Giovanni non riusciva a sentire. Sembrava che si tenessero per mano un'ultima volta. Duilio aveva solo diciotto anni, come Gina, ma a Giovanni sembravano più grandi e coraggiosi di alcuni adulti della via.

Parte di quelle spiegazioni Giovanni le aveva già sentite da Duilio, ma mentre il resto del gruppo si era già disperso, incamminandosi verso le arcate del ponte, lui proprio non riusciva a staccare gli occhi dalla sua guida. Come inebetito, guardava Duilio e poi Gina, prima l'uno e poi l'altra, impietrito e incapace di proseguire il cammino.

Duilio, intuendo lo sgomento del suo prediletto, si staccò da Gina e andò ad abbracciarlo. Gli sussurrò ad un orecchio, nascondendo la sua bocca con la mano: «Io sarò Vento e Gina sarà Tempesta. Ciao, ora vai a casa.» Giovanni si strinse a Duilio con riconoscenza per la fiducia accordata, ricacciando indietro le lacrime, sfoderò il migliore dei suoi sorrisi e corse via veloce. Le sue lacrime ora scorrevano e rapidamente venivano asciugate dal vento ribelle che faceva volteggiare in controluce le prime foglie gialle.

Lasciò il fiume e Duilio e Gina abbracciati. Un ultimo sguardo: i capelli bruni di Gina, ondeggiavano tra le dita di Duilio e assumevano riflessi dorati e rame per i bassi raggi di luce che si insinuavano tra di loro. Le sagome scure in lontananza erano coperte da mulinelli di polvere e foglie e il rumore dei suoi passi era sovrastato dal battito del cuore che correva più del vento.

Il paese che gli si presentò davanti era agitato, turbato dal vento e dalle circostanze. Il vento si insinuava ovunque. L'orologiaio ebreo sulla piazza, l'unica famiglia ebrea di Rivarolo, stava scappando.

Scappando dove? Allora i tedeschi stanno arrivando davvero.

Stava scappando con un carro colmo delle loro cose, pentole dondolanti nell'aria e lembi di coperta sollevati stizzosamente scoprivano sedie accatastate. Occhi accecati dalla terra e dalla paura. Il sindaco affiancato all'orologiaio, passava sottobanco, documenti falsi con nuove identità per salvare il suo migliore amico e la sua famiglia. Sembrava che il vento volesse portarsi via quell'amicizia nota a tutti. La famiglia dell'orologiaio da quel momento a Rivarolo non sarebbe più stata nominata, non avrebbe lasciato traccia se non nei cuori di chi li aveva conosciuti. Decise di andare a casa. La porta della cucina chiusa dietro di sé, ripristinò quella tranquillità data dall'assenza del vento.

Trovò suo padre accanto alla mamma, parlavano in piedi e molto seriamente. «Vai a trovare tuo fratello e portalo qui, devo parlarvi.» disse Attilio.

Senza fiatare, si buttò di nuovo di corsa nel caos esterno. Nella bassa e accecante luce gialla, lottando contro la forza del vento che lo spostava, Giovanni arrivò senza fiato al fiume. Trovò suo fratello sotto il ponte a tirare sassi con il resto della banda. Lo trascinò a casa senza troppi complimenti. «Ci vuole papà, corri!» disse tirando la manica della camicia lisa del fratello che opponeva resistenza come quel maledetto vento. Quella giornata era resa ancora più strana e inquietante dai sospiri del vento, bufera sulle montagne grigie e incappucciate, in contrasto con quel pomeriggio giallo in pianura.

Giunti a casa, Attilio li fece sedere al tavolo accanto alla madre. Iniziò il suo discorso.

«I tedeschi sono a Torino, forse stanno già salendo su in Canavese. Molti militari che si sono rifiutati di stare con loro, sono stati arrestati e deportati in Germania, dicono per lavorare, invece li faranno morire. Là non ci finiranno solo gli ebrei, ma tutti quelli contro di loro! Io non voglio stare con i tedeschi, non voglio andare sulle montagne a combattere, visto che a giorni arriveranno anche qui. A Torino stanno già sparando. Non voglio abbandonarvi e voglio proteggervi. Se mi offro volontario e vado a Brema a lavorare nelle loro fabbriche di armi o di aerei, vi potrò mandare dei soldi e a voi non vi toccheranno. E' la soluzione più comoda.»

«Cosa sono i campi di concentramento?» chiese Giovanni

«Campi di lavoro, dicono loro, prigioni diciamo noi.» disse il padre.

«Te ne vai... » disse Evelina sentendo il peso della famiglia sulle sue spalle.

«Non ho altra scelta.» commentò «Purtroppo devo andare. Giuseppe dovrai fare di più. Raccoglierai la legna. Vi ho comprato due caprette e sono nella stalla della casa di fronte, da Angelo. Dovrete portarle a mangiare in riva all'Orco e avrete anche del latte. Baderai a tuo fratello e alla mamma. Sarai tu il capofamiglia in mia assenza.»

Questa giornata sta diventando davvero bruttissima. Guarda che faccia ha Giuseppe.

Per una volta il padre gli era sembrato una persona ragionevole. Di solito quando parlava di guerra e di tedeschi, cominciava ad imprecare, con la tendenza a polemizzare contro tutto e contro tutti, contro il governo, contro la Chiesa, anche contro gli austriaci che i mantovani non potevano vedere. Era interessante vedere il padre sempre più rosso in viso, ricordare che lui non era un fascista nero, eh no, ma neanche di Chiesa, tutta la sua famiglia era pronta a dissentire, anticonformista al massimo, come i nomi che i suoi cugini portavano, Opilio, Archimede, Senatore, Zeffira, nomi assai diversi da quelli dei Santi, nomi non sul calendario. La tendenza a dissentire sembrava una tradizione di famiglia, di cui Attilio e Giuseppe erano i rappresentati più infuocati. Questa volta però, il suo discorso era stato calmo e ben calibrato, con toni rassicuranti e autoritari.

In quel momento bussarono alla porta della cucina. Attilio aprì.

Era un ragazzo di non più di vent'anni dallo sguardo affannato e i capelli arruffati come il pelo di un gatto, con un uomo sulla trentina composto e tranquillo. Erano in divisa. Erano soldati. Italiani. «Per favore avete abiti civili, anche stracci, da darci? Dobbiamo liberarci delle divise per raggiungere i partigiani.»

Il silenzio della famiglia fu interrotto da Giovanni. «Aiutiamoli!» disse memore delle parole di Duilio. Era quasi l'imbrunire, la luce era più bassa, ma il vento non accennava a diminuire. I volti dei due uomini erano screpolati e rossi. Gli occhi segnati e stanchi. Giovanni non attese alcun consenso, schizzò fuori e andò a cercare Duilio. Era necessario mettere in contatto i due con Duilio. Doveva trovarlo.

Dopo averli vestiti e sfamati gli permisero di dormire nel solaio per ripartire poi l'indomani mattina prestissimo con Duilio. Giovanni ancor prima dell'alba, dopo una notte di sonno vigile, agitata da rumori di vento, sentì del movimento di fuori. Si precipitò sul balcone della sua camera, gli occhi arrossati, appena in tempo per vedere la schiena di Duilio che spariva dietro l'angolo con i due soldati. Chissà quando avrebbe rivisto Duilio. Il vento si stava placando e i primi raggi illuminarono la via deserta, invasa da foglie cadute e da pagine di giornale scomposte.

Le persiane delle altre case erano ancora chiuse, chissà come sarebbe stato quel giorno. Era il 9 settembre 1943. Erano le cinque del mattino. Tornò a letto.

Mezz'ora dopo Attilio fece la sua unica valigia. Era la valigia di cartone nero con gli angoli rinforzati e bordati di finta pelle marrone con la quale era arrivato a Rivarolo. Ci mise tutto quello che aveva. Una vita intera dentro una valigia così piccola. Partiva davvero per Brema. Ci mise anche una foto di Evelina con i figli scattata nello studio fotografico Rosboch, rinomato a Rivarolo, nel luglio del 1941. Prima di infilarla nella tasca interna della valigia per non sciuparla, la osservò.

Quella foto era stata un evento. Tutti tirati a lucido, Evelina con il suo vestito buono e il colletto di sangallo, erano incerti se sorridere di fronte al fotografo in panciotto che impartiva ordini e sistemava i bambini su finti gradini. Giuseppe seduto non ci voleva stare e Giovanni aveva paura dell'apparecchio fotografico. Foto stampata in quattro copie. Una sarebbe rimasta in cucina, esposta e incastrata nei vetri della credenza, una a sua madre, una ad Emma e una di scorta, così aveva disposto Evelina.

66

Alle sette i figli furono svegliati dal padre, che a differenza delle altre mattine non fu brusco. Aprì le imposte e chiese di scendere a fare colazione con lui. Non avevano mai fatto colazione con lui. Pane nero, formaggio e latte. In silenzio. Una mattina pallida e priva di sfumature, come la maggior parte dei momenti condivisi con lui.

La moglie e i figli lo accompagnarono alla stazione. In stazione c'era solo un treno che partiva alle otto. Sulla banchina, tre persone soltanto, e in cima al treno, un capotreno non troppo convinto, con berretto rosso, aspettava di poter partire con il suo carico di persone e cose.

Non vi furono raccomandazioni ulteriori. Un abbraccio alla moglie e una stretta di mano ai figli. «Vi scriverò e vi manderò dei soldi.» si congedò Attilio mentre saliva sul treno. «Starò bene.» disse. Era una bugia, Giovanni lo aveva capito e anche sua madre.

I tre rimasti sulla banchina, girarono subito i tacchi. L'assenza di argomenti, di commenti, di emozioni aveva sempre pesato a Giovanni. Spesso stare in casa gli sembrava come essere congelato nella neve dell'inverno, quando la natura dorme. Era quasi meglio il giorno precedente con la confusione del vento. Gli pesava meno del silenzio.

Arrivati a casa, andarono nella stalla a vedere le capre. Una era tutta bianca e l'altra era bianca con una macchia marrone sull'occhio e la coda nera. Decisero di chiamarle Bianca e Macchia. Non sapevano nulla di allevamento. Non sapevano se le capre avessero bisogno di carezze, di corse o di cos'altro. Decisero di andare avanti per gradi. Avrebbero tenuto pulita la stalla, portando un po' di frasche ogni giorno. Alla sera le avrebbero munte e se non fosse bastato lo avrebbero fatto anche la mattina. Le avrebbero portate al fiume legate ad una corda per non farsele scappare. Scoprirono che gradivano le carezze, strofinavano i musi ruvidi contro di loro e se non stavano attenti mangiavano anche la maglia.

Le capre portarono ilarità in quella mattinata. Decisero di potersi fidare di Bianca e Macchia e le lasciarono libere in una radura sotto il castello Malgrà. Mentre commentavano lo strano modo di grattarsi contro un albero di Macchia, videro arrivare un gruppo di uomini che camminava con passo veloce. Alcuni avevano ancora le divise dell'esercito, altri portavano abiti troppo grandi. Intimoriti, Giovanni e Giuseppe avvicinarono a loro le capre. Due di loro parlavano esprimendosi con i gesti fra loro. Non erano italiani.

Uno si rivolse a Giuseppe: «Ragazzino stiamo scappando, i tedeschi sono a Lombardore, dove hanno già fucilato due di noi e arrestato altri tre del paese. Potete dare a lui che è in divisa degli abiti civili di vostro papà?»

Fu Giovanni a rispondere, con il braccio e la mano tesa verso le montagne: «Noi non abbiamo più niente, ne abbiamo aiutati due ieri sera e nostro papà è partito. Però se andate verso Cuorgné e chiedete alla gente vi aiuteranno ad arrivare dai partigiani. Da dove vengono loro?»

L'uomo raccontò che due erano inglesi, uno slavo e il più vecchio russo, tutti prigionieri di guerra. Lui proveniva da Brindisi, nel sud Italia e non poteva tornare a casa, come gli altri. Accarezzò Giovanni sulla testa e gli disse con un sorriso «Anch'io ho un figlio più o meno della tua età che mi aspetta. È curioso come te.»

Il gruppo, composto da dieci fantasmi di uomini erosi dalla stanchezza, almeno così apparivano agli occhi di Giovanni, si congedò con un grazie e sparì, seguendo il corso del fiume Orco. Giuseppe rimproverò il fratello: «Perché consigli a chi chiedere e dove andare? Che ne sai tu? Fatti i fatti tuoi.»

«Ho sentito Duilio. E poi non ho fatto nomi e quelli erano soldati buoni!» e prendendo entrambe le capre ritornò verso casa con il pensiero fisso che i tedeschi erano a Lombardore. Vicini. Stavano scappando tutti.

Stava incrociando persone mai viste, destini incerti, lontani e al tempo stesso vicini alla sua breve vita trascorsa in uno spazio ben circoscritto e conosciuto. Voleva andare al suo punto d'osservazione sul solaio, a riflettere in santa pace.

Era quasi ora di pranzo, ma lui non aveva fame. La sua assenza a tavola non avrebbe fatto la differenza. Non doveva giustificarsi con la mamma. E poi i guai peggiori li passava sempre suo fratello.

Appena arrivò in solaio, si sdraiò sul fieno e si affacciò alla finestra rotonda sulla piazza. Il paese sembrava essere tornato alla normalità. I rondinini erano ormai volati via. All'angolo non vi erano nuovi manifesti. Nessuno era andato là a leggere. Tutto sembrava sospeso in attesa di qualcosa.

Questa sospensione fu interrotta quando nessuno se lo aspettava. La campana della Chiesa stava dando gli ultimi rintocchi del mezzogiorno: con un ruggito entrarono in piazza due camionette militari grigie. Il telone che ricopriva il vano posteriore si sollevò. Due camion pieni zeppi di tedeschi. Seguiti da un'auto nera, una Balilla, con quello che sembrava essere il capo di tutti. Quello doveva essere un soldato cattivo. Aveva la divisa più bella degli altri e tante medaglie. Guardava tutto e tutti, sembrava capace di ricordare tutto. Aveva occhi chiari, non ne aveva mai visti di così chiari, anche da distante erano molto chiari. Sembrava anche infastidito da un bambino che piagnucolava vicino alla madre davanti all'Albergo Europa.

Giovanni abbassò la testa ancora di più, non voleva essere visto. Il capo di tutti camminava avanti e indietro mettendo i suoi uomini in riga sulla piazza. Impartiva secchi ordini in tedesco che venivano eseguiti senza discutere. Gli faceva paura più di suo padre che quando ordinava non voleva mai sentire ragioni, anche se sembrava che tutti lo guardassero più frastornati che impauriti, non si capiva cosa voleva fare.

In un italiano incerto, urlò ai presenti il primo ordine. Non stava ordinando ai suoi soldati. Dava ordini alla gente del paese. Chiese di condurre davanti a lui il sindaco. Nonostante l'italiano zoppicante, la sua voce tagliente, dava proprio la sensazione di soldato cattivo. Non lasciava spazio a null'altro che non fosse obbedienza. Il capo di tutti gli sembrava freddo e affilato come il coltellino che aveva in tasca.

Era indeciso se la scena era simile a un teatrino o davvero paurosa. Gli uomini del tedesco obbedivano bene, non aveva mai visto uomini così rigidi. Il capo di tutti aveva tra le mani un bastone, anzi no, una specie di frustino per cavalli, e non capiva proprio a cosa gli servisse. Sicuramente era impaziente di incontrare il sindaco da come lo faceva schioccare nelle sue mani.

Chissà se il papà é arrivato a Brema?

Il sindaco arrivò correndo trafelato e impacciato. Il suo naso era più rosso del solito. Si tolse il cappello e accennò un inchino, goffo anche quello. Il capo di tutti non ricambiò la cortesia.

Che maleducato!

Finalmente si presentò. Era il maggiore della Gestapo Karl Hesse. Pose un accento e un enfasi particolare sul suo nome e grado gridato sulla piazza, sembrava lo avesse fatto apposta per non far dimenticare a nessuno chi era. Avrebbe controllato e comandato lui il paese. Il sindaco non contava più niente. Sarebbe stato un sindaco finto. Tutti potevano andare e venire solo sotto il suo controllo. Tutti quelli che avrebbero aiutato i ribelli sarebbero stati puniti. Annunciò che le scuole sarebbero diventate la sua Casa Littoria, il loro comando.

Perché abitare proprio nelle scuole e non in una casa vera? E cambiargli nome poi...

Lo scorrazzare liberi a Rivarolo sembrava finito, ma aveva anche detto che le scuole sarebbero state chiuse e questo non gli sembrava poi così male. Quest'anno niente scuola!

Assorto nei suoi pensieri, commentava le immagini che scorrevano sullo schermo della piazza, non sentì la presenza di un'altra persona dietro di lui. Era Gina. Solo quando si inginocchiò vicino a lui, sobbalzò per lo spavento. Il suo cuore batteva all'impazzata e i suoi occhi erano sbarrati, preso con le mani nel sacco a spiare e nel solaio di altri, magari da uno dei soldati cattivi. Girato sulla schiena, lasciò cadere la testa sul mucchio di fieno per il passato pericolo.

Gina con un sorriso largo come il sole e caldo come l'abbraccio di sua mamma, mentre scrutava la piazza, disse «Scusa se ti ho spaventato, cosa ci fai quassù?»
«Questo è il mio posto, qui non ci viene mai nessuno.»
«Nessuno a parte me, ma non ci siamo mai incontrati.» disse Gina.
«Ci venivi con Duilio?»
«No, vengo qua per pensare e guardare la piazza, come fai tu. Adesso guardiamo giù e vediamo cosa succede.»
«Cos'è la GESTAPO?»
«E' la polizia tedesca e con loro non si scherza. Mi sa che metteranno a ferro e fuoco il paese. E adesso pulce, lasciami ascoltare ho bisogno di sentire, per aiutare gli altri.» Ascoltarono insieme, mano nella mano.

Sembrava fossero arrivati alla requisizione dell'intero paese: scuola, Carabinieri messi in riga insieme alla gente. Tutti erano agli ordini del capo di tutti. Giovanni aveva paura per il maresciallo. Sapeva che avrebbe aiutato Duilio e gli altri come lui e ammirò quell'uomo con i baffetti che non fece una piega davanti al tedesco. Sapeva mostrarsi sottomesso mentre non lo era, questo Giovanni lo percepiva chiaramente. Gina doveva avere le stesse preoccupazioni, perché mentre il maggiore Hesse girava intorno al maresciallo, gli strinse più forte la mano. La sua mano era fredda e tremante, insicura come le ali di una farfalla.

Lei era al corrente di tutti i piani di Duilio, sapeva tutto. Probabilmente sapeva con chi aveva parlato Duilio. Lo sguardo che vide nei suoi occhi però, non fu di paura, ma di concentrata tensione, cercava di memorizzare tutto. Quello che gli piaceva di Gina era che gli parlava schiettamente e non lo trattava come un bambino, era soddisfatto.

Il capo di tutti fece sgombrare la piazza con l'ultimo avviso di non sottovalutarlo. Non disse una parola, ma risuonò una sventagliata di mitra in aria e contro le case. Loro due abbassarono la testa per proteggersi, tra le urla della gente che correva via. Riguardarono giù, l'unico rimasto al suo posto era il maresciallo con il suo aiutante. Impettiti sull'attenti, davanti al capo di tutti. Hesse e il maresciallo erano ossi duri, nessuno dei due sarebbe venuto meno al suo dovere. Portando la mano al cappello, il maresciallo si congedò dal maggiore senza attendere il suo permesso. Giovanni avrebbe voluto essere come lui.
Gina ebbe un brivido, abbracciò Giovanni e corse via. La via di discesa dal solaio che seguì era la stessa scelta da lui. Sulla piazza i tedeschi stavano sgombrando, avviandosi verso via Rejneri, dove si trovavano le scuole, andavano ad occuparle. Doveva vedere cosa facevano, doveva nascondersi da qualche parte e non perdersi niente.

Scese con andatura rapida la scala a pioli, rischiando di cadere sul balcone sottostante. Non gli importava nulla se gli abitanti del cortile lo avessero sorpreso, aveva ben altro a cui pensare, lui. Ma sperava che fossero tutti indaffarati, visto cosa stava succedendo. Il piano era raggiungere il portone il più in fretta possibile. Per farlo, doveva percorrere un frammento di balconata avvolto dal granturco appeso a seccare, per poi tuffarsi giù protetto dal buio dell'unica scala con gradini in pietra della casa. Un po' di attenzione per passare inosservato, la mise nell'ultimo tratto del cortile, il più esposto. La sua tecnica per sgattaiolare via si era affinata e ne andava fiero. Tutti i ragazzi della via Pal erano abili sgattaiolatori.

Appena fuori dal portone, si rilassò e camminò con lo stesso passo scanzonato che tutti quelli della banda erano soliti esibire. A lui non veniva tanto naturale, non sentiva il bisogno di apparire come uno della banda, come uno dei duri, ma quella volta voleva essere ignorato più del solito.

In cima alla via, si fermò per qualche minuto appoggiato al muro all'angolo con il negozio del fruttivendolo. Voleva osservare la piazza prima di attraversarla. Che aria tirava? Il fruttivendolo brontolava sottovoce sulla porta del negozio. Più era arrabbiato, più esternava il suo risentimento con coloriti modi di dire in piemontese che facevano sorridere tutti. Alcuni proverbi erano proprio incomprensibili, ma Manuia o Duilio si premuravano sempre di spiegare e lui ascoltava per arricchire la sua personale collezione. Anche questa volta, decise di ascoltarlo, l'occasione era troppo ghiotta. «Malign coma 'l bòsch ëd forca» – Maligno come il legno della forca – anche al fruttivendolo aveva raggelato il sangue, il capo di tutti, commentò tra sé Giovanni, ma forse più che paura il fruttivendolo era preoccupato dei guadagni. E continuava dicendo che bisognava «Scapé coma 'l diav da la cros» – scappare come il diavolo dalla croce, questa storia di scappare adesso iniziavano a dirla tutti e continuava con «Bisognerà pioré coma la vis» – piangere come le viti dopo che sono state potate per via della linfa che esce dai tagli, questa l'aveva imparata da Gina, il fruttivendolo si lamentava per tutto utilizzando questo detto. Ne aveva abbastanza del fruttivendolo e di sua moglie appena arrivata, che lui gentilmente chiamava, alle sue spalle, "saraca" cioè sardina, perché era alta e magra.

Attraversò la piazza, cercando qualche bossolo di mitra, un bottino interessate e poi andò in via Rejneri per spiare il trasloco del capo di tutti e della sua banda. Si muoveva nascondendosi dietro gli alberi. L'albero che gli sembrò giusto era il più vicino alla scuola e il più esposto alla vista dei tedeschi. Lui però pensò che essendo magrolino, poteva benissimo starci dietro senza essere visto. Tutto filò liscio. Approfittò di un momento in cui due soldati sul camion e un terzo, vicino al portone della scuola, gli davano le spalle. Correndo chino su se stesso, si spinse fino al punto scelto e iniziò a spiare. Se lo avessero preso sarebbero stati guai.

I tedeschi stavano scaricando una quantità enorme di materiale. Casse di legno con sopra impresso un teschio e il loro simbolo, solo più tardi quel giorno lo avrebbe sentito chiamare svastica da un uomo del paese. Quel teschio gli ricordava la morte che ancora lui non conosceva e gli faceva pensare che dentro quelle casse ci fossero armi o veleni.
Dalla Balilla uscirono due fucili mitragliatori. Dai camion vennero scaricati fucili, tanti. Fili elettrici. Filo spinato.

Telefoni!

Come gli sarebbe piaciuto provarne uno, ne aveva solo sentito parlare. Bandiere. Un'altra mitragliatrice. Oramai aveva troppa paura, scappò, il più in fretta possibile e senza nascondersi. Era deciso a raggiungere suo fratello, senz'altro era con il resto della banda e raccontare tutto. Dentro quella scuola prima o poi dovevano andare a ficcare il naso. Non vi era angolo in Rivarolo, pubblico o privato che la banda non avesse battezzato e quello era senza dubbio il nuovo posto più spaventoso e interessante dove andare.

La campana batteva ormai tre rintocchi e mentre ciondolava per la Lea, in cerca della banda che non era al fiume, si sedette sul bordo della roggia, dove c'erano i lavatoi, e cominciò a dondolare le gambe, stordito da tutto quello che era successo. Ma non era ancora finita. Un camion ruggente dei tedeschi tornò sulla piazza e si fermò. Scesero tre uomini, più l'autista. Quello alla guida, con il suo mitra si mise a sorvegliare tutto intorno.

Sembra lui ad avere paura di noi, guarda come spia! Ehi soldato cattivooo, siamo noi quelli spaventati!

Gli altri tre cominciarono a scaricare del materiale, ma perché proprio in mezzo alla strada? Decise di restare seduto indugiando in un finto far niente per vedere che intenzioni avevano. Nel giro di un'ora avevano costruito una barriera con il filo spinato e con il legno, il cui scopo era ai suoi occhi quello di controllare e limitare il libero accesso al paese. Nei giorni seguenti vennero costruiti altri posti di blocco (così li chiamavano) sul ponte Orco, verso Castellamonte, dal lato opposto di ingresso del paese, verso Cuorgnè. Nessuno poteva entrare o uscire dalle strade principali senza essere visto.
All'improvviso si ricordò che non aveva ancora mangiato dai brontolii del suo stomaco, ma era stato troppo impegnato a capire cosa stava succedendo. Decise di tornare a casa. Non aveva ancora visto nessuno della banda, forse si era sciolta.

Nell'imboccare via Palestro, vide strani movimenti della Gina e del dottore. Era troppo stanco per curiosare anche in questa faccenda.

Quella sera andarono a dormire più tardi. Papà non c'era e la mamma era più permissiva. Non ascoltarono nemmeno la radio, per quel giorno di notizie di guerra, ne avevano tutti abbastanza.
Nei giorni seguenti spiava attento dalla sua postazione privilegiata, la bandiera nazista che sventolava in mezzo alla piazza e il filo spinato con il posto di blocco tedesco all'ingresso del paese. Mezzi militari grigi andavano e venivano da quella postazione e lui tutto solo nel solaio mimava i militari imbracciando un bastone di legno come fucile, arrestando mele e talvolta Gatta che passava, imprigionandoli dentro una cassa di legno in un angolo buio del solaio. La gatta era un prigioniero vivo, meglio delle mele.
Di sotto, il fruttivendolo non più sottovoce, commentava con i clienti del negozio che bisognava «Gionté fer a la c, òca.» aggiungere ferro alla campana, riferendosi all'aggravarsi della situazione, all'inasprimento della stessa. E ancora:
«Toca andé a mangé su le giaire dë l'Orco!» andare a mangiare sulle ghiaie dell'Orco prevedendo lo scarseggiare della merce da vendere e futuri ma non lontani digiuni. Avevano già fame, ancora di più? Pensava sconsolato Giovanni. E ancora riferendosi a Hesse «Busiard coma un gavadent!», bugiardo come un dentista.

Da quella finestra, visse i primi istanti di guerra. Dal 9 al 15 settembre i tedeschi avevano rastrellato la pianura alla ricerca di ribelli. Erano arrivati anche nel loro angolo in riva all'Orco, ma li avevano ignorati. Stupefatti avevano visto che per farsi scudo avevano obbligato delle persone a camminare davanti a loro: i partigiani non avrebbero mai sparato sulla loro gente. Erano come formiche. Erano tantissimi. Sembrava ci fossero più di cinquecento tedeschi. Scapparono dal fiume, tutti quanti e in fretta. Anche suo fratello non aveva più la solita aria spavalda, via di corsa a casa.

Una volta arrivati in via Palestro sentirono rumori dalla piazza, c'era trambusto, con uno sguardo d'intesa lui e suo fratello superarono casa di corsa, diretti all'angolo del fruttivendolo. Alcuni partigiani erano in fila, altri stavano scendendo dal camion spinti da un soldato cattivo agli ordini del capo di tutti. Alcuni erano giovani come Duilio. Quando la fila fu completa, Hesse iniziò a camminare facendo un discorso sui traditori e sull'esempio da dare alla popolazione che aiutava i banditi.

Le facce di quegli uomini a Giovanni non sembravano le facce da delinquenti che Hesse stava descrivendo con impeto e superbia, sembravano uomini stremati dalla fatica. Il loro sguardo era fiero, nessuno abbassava la testa, non ricordava di avere visto uomini così coraggiosi.

Giovanni fu sorpreso quando il capo di tutti interruppe il discorso e dispose davanti a quei prigionieri altrettanti soldati tedeschi con il fucile in mano. Non poteva ammazzarli davanti a tutti. Non poteva essere vero. Non poteva fare nulla se non assistere impotente o chiudere occhi. No, avrebbe guardato. Suo fratello gli prese la mano e si avvicinò ancora di più a lui, mentre il fruttivendolo si parava di fronte a loro e urlava «Via, a casa!» Rimasero immobili, i piedi bloccati, era troppa la paura e la curiosità insieme. Il fruttivendolo, si mise tra loro e la piazza, ma potevano ancora vedere tutto, non era riuscito ad evitargli lo spettacolo.

In pochi istanti, agli ordini secchi impartiti dal capo di tutti, i soldati caricarono i fucili e li puntarono verso i partigiani. Tutti i prigionieri si misero sull'attenti, drizzarono le schiene, il portamento era dignitoso. Sulla piazza ogni cosa era immobile: una manciata di secondi in cui nessuno, condannati, assassini e pubblico si mossero.

Al grido di uno dei prigionieri, "Giustizia e Libertà" che echeggiò nella piazza muta, il maggiore Hesse diede l'ordine.

Spari assordanti. Giovanni si coprì le orecchie e chiuse gli occhi, il cuore batteva all'impazzata. Senza la capacità di versare lacrime, provava **odio** misto a paura. Era una sensazione nuova che non riusciva e non voleva reprimere. Aprì gli occhi e vide uno spicchio di piazza tra le gambe del fruttivendolo, corpi sdraiati in modo scomposto con gli abiti macchiati di sangue. Hesse richiamò i suoi e andò via, lasciando lì vittime e paese. Il fruttivendolo li stava abbracciando e voltava ancora le spalle alla piazza. Avevano incontrato la morte per la prima volta, avevano visto che cos'era la guerra, ma non ne capivano il significato.

Perché ognuno non vive a casa sua e se ne sta tranquillo?

Da quel preciso istante la parola tedesco e fascista lo infastidirono.

Gina, andava e veniva, spariva e ricompariva e lui non riusciva a capirne gli spostamenti. Frequentò di più la banda al fiume, combinandone mille con i suoi compagni, cercando di dimenticare la guerra.

Il 12 settembre aveva sentito alla radio che tutta l'Italia era territorio di guerra e quindi sottoposta alle leggi tedesche, quindi non comandavano solo a Rivarolo, ma dappertutto.

All'oratorio San Michele, sentiva le pie donne dire che sarebbe stato meglio se solo gli inglesi e gli americani avessero combattuto contro i tedeschi, senza coinvolgere gli italiani. Era strano sentirle parlare di guerra, quelle recitavano rosari tutto il tempo.

Il giornale del 15 settembre, diceva che Mussolini comandava di nuovo l'Italia. Questo Mussolini e questo Hitler gli sembravano due pazzi. Almeno Hitler era tedesco, per questo era pazzo.

Arrivò ottobre. La scuola non era iniziata. Per la banda di via Pal era una festa continua. Scorribande ovunque. Avevano imparato ad evitare i tedeschi, potevano girovagare meglio per il paese. Avevano preso a frequentare più assiduamente l'oratorio. Il prete oltre che a farli pregare, ogni tanto li sfamava e la domenica proiettava sul muro qualche film. La banda ne ricordò due in particolare: "Bernadette", la storia della pastorella a cui era apparsa la Madonna, noioso e lungo, reso più duro dalle panche sulle quali erano seduti e "Il fanciullo del West" con Erminio Macario, dove c'era un dottore coraggioso che aiutava tutti, come il dottor Baudino di Rivarolo.
La temperatura era più fresca, spesso pioveva. In quei pomeriggi, il solaio del fruttivendolo era un rifugio ideale. La cucina di casa era troppo stretta e poco avventurosa. Giuseppe a volte seguiva suo fratello nel solaio. Il problema era fare giochi poco rumorosi per non essere scoperti. Le battaglie silenziose non rendevano. Avevano anche problemi a decidere chi era il tedesco e chi il partigiano, ma alla fine Giuseppe interpretava sempre Hesse perché aveva gli occhi azzurri. L'interpretazione di Giuseppe non era mai convincente perché la rigidità che tentava di imitare aveva sempre qualcosa di tragicomico, per cui il prigioniero

partigiano Giovanni anziché avere paura rideva come un matto. Giuseppe non aspettava altro per fare il pagliaccio: occhiatacce, smorfie, boccacce e marce militari che sembravano danze primitive.

I tedeschi andavano e venivano con i loro camion e caricavano e scaricavano prigionieri. Ogni tanto davano dimostrazione della loro onnipotenza, sparacchiando qua e là contro le case e contro la gente senza nessuna ragione apparente. Dalla finestra sul solaio Giovanni vide una di queste dimostrazioni, seguendola con sguardo torvo. Fu truce perché nella sparatoria ferirono una donna e il dottore che la stava soccorrendo. Giovanni era indignato: sempre più furibondo se pensava ai tedeschi.

Dei rumori interruppero la sua osservazione. Si tuffò in fretta sotto il mucchio di fieno nell'angolo più buio del solaio. Aveva paura.

I tedeschi stanno salendo quassù! Accidenti!
Adesso cercano in ogni angolo e infilzano la paglia con i forconi o quelle robe a punta che hanno loro e mi prendono. Meno male che non c'è UCAS, lui non riuscirebbe a stare fermo e poi gli scappa sempre la pipì.

In quella confusione di grida che arrivavano dalla piazza, mentre cercava di rendere più silenzioso il suo respiro, sentì due voci. Non poteva vedere nulla, era proprio sotto il fieno. Conosceva le due voci. Erano quelle di Gina e Duilio e sembrava si fossero seduti vicino alla finestra tonda.

Ora sono davvero nei guai, non mi devono sentire.

81

Duilio si stava nascondendo, forse i partigiani avevano malmenato un po' i tedeschi o forse no e Gina era lì con lui.

Ascoltò tutta la conversazione. Gina si era appena rassicurata che Duilio stesse bene e, in effetti, sembrava così. Si stava nascondendo perché avevano appena tentato di fare fuori Hesse. Il capo di tutti doveva proprio essere arrabbiato.

«Dopo essere scappati su nelle Valli ci siamo resi conto che lassù sono ancora più poveri di noi, ma la gente rimane a casa sua, non la vuole dare vinta ai tedeschi, non va via, e ci aiutano lo stesso.» iniziò a raccontare Duilio a Gina.

La sparatoria era ormai terminata, la piazza stava tornando tranquilla, non si sentiva più nulla. Il dottore probabilmente era già andato verso il suo ambulatorio con la donna ferita.

«Sembra che ci saranno più rastrellamenti su nelle valli. I nostri informatori dicono che la prossima settimana peggiorerà.»

Era la voce di Gina.

«Lo so, accidenti, anche altri mi hanno dato le stesse informazioni. Anche se i paesi sono tutti poveri, ai tedeschi fa paura la nostra montagna, abbiamo buone posizioni dove nasconderci e le nostre incursioni li minacciano. I montanari rischiano di vedere bruciate le loro case, ma sono disposti a perdere tutto per proteggerci. Dobbiamo essere prudenti, spostarci di continuo, rimanere troppo a contatto con le persone vuol dire farle rischiare troppo. Dobbiamo anche capire di chi possiamo fidarci. Sembra che tutti vogliano difendere la propria terra.»

Giovanni, il cui cuore aveva smesso di galoppare, era ora concentrato nell'ascolto. Non parlavano più, che facevano? Solo qualche fruscio, poi Duilio continuò.

«Ci stiamo organizzando meglio in bande. Non ci interessa la politica. Se da Torino arrivano richieste di questo tipo stanne fuori. E' importante dare il via all'azione anti-tedesca in modo più massiccio. Chi è sceso a Torino in cerca d'ordini, ha visto i militari rastrellati dai tedeschi per portarli in Germania. Dobbiamo evitare Torino per adesso, tu non ci andare, se ti beccano è più facile che ti fucilino.»

«Starò attenta. Poi sono riuscita ad avere un lasciapassare per andare a lavorare in bici alla manifattura di Cuorgnè. Posso portare messaggi indisturbata. Non credo dovrò andare a Torino. Qui continuiamo a fare i carri di notte e c'è sempre più gente che ci aiuta.»

«Ieri a Cuorgnè abbiamo preso armi e viveri in caserma con l'aiuto di alcuni del paese, anche se li conosci non ti dico chi sono per sicurezza.»

«Quando scendiamo ti do un maglione più pesante e una giacca e questa volta tienili per te, inizia a fare freddo, fra poco sono i Santi, sei troppo altruista. Mi hanno detto che la banda di Vento è diventata famosa in poco tempo perché ha un furgoncino militare Guzzi che scorrazza per tutto il Canavese!»

«E' vero, siamo tra i meglio organizzati, il colpo alla caserma di Cuorgnè è riuscito perché abbiamo portato via tutto in fretta con il furgoncino. Il Guzzi lo hanno messo a posto alla manifattura in un reparto abbandonato due meccanici, di notte, senza che nessuno si accorgesse di niente. Adesso la banda Vento ha abbastanza fucili, qualche mitra, qualche moschetto, pistole e munizioni. Possiamo anche contare su don Giovanni, il parroco di Fornolosa, ha intenzione di diventare il nostro cappellano. Pensa, il cappellano dei partigiani GL! Ha radunato tanti sbandati nelle zone di Locana e Sparone e li ha portati a noi. Se è con noi la domenica celebra la messa al campo, riesce sempre a sollevare il morale a tutti. Sai, il furgoncino, lo guida Angelo, la gente del Canavese ha imparato a riconoscere il Guzzi con l'autista in giacca e casco di pelle nera, sempre slacciato (lo ha fregato ad un inglese, il casco da aviatore), tutti ormai quando lo vedono dicono che arriva la *Saetta* e fanno in modo di intercettarlo per dargli qualcosa.»

«Ormai è più di un mese che manchi da casa, ma hai già fatto così tanto. Tutti abbiamo fatto così tanto, ma non basta. Mi mancano i nostri pomeriggi all'Orco seduti a parlare. Mio padre sa cosa faccio, ma fa finta di non vedere. Non nega mai una mela ai ragazzi della via, ma all'esterno mantiene la sua scorza dura. La maggior parte degli altri commercianti è fascista per sopravvivere, lui si rifiuta, sta attento a non farlo capire a nessuno. Sa anche dei carri, anche se non ne abbiamo mai parlato. La scorsa settimana dopo cena, ha messo una cassa di mele in cortile con un foglietto con scritto "Gina", a modo suo ci aiuta anche lui.»

Giovanni a quest'ultimo commento di Gina, si sentì un verme che mangiava a tradimento qualche mela nel solaio del fruttivendolo, ma la fame era troppa. Non doveva distrarsi, ascoltare era la risposta a tutte le sue domande, adesso stava parlando di nuovo Duilio.

«...in quell'angolo, qui in solaio, ogni volta che ci vedremo ti darò delle pagine, non posso portarmi dietro tutto è pericoloso. Non mi fido a spedirti delle lettere. O qualcosa potrei dartelo con Annetta, la staffetta che hai già incontrato a Cuorgné per darle le medicine. Qui è perfetto.» terminò Duilio.

Perfetto per cosa, cosa ci nasconde qui, mi sono perso dove, dovrò cercare.

L'angolo di cui parlava, di sicuro non era quello dove era nascosto lui, ne rimanevano tre da controllare, ammesso che parlasse degli angoli. Doveva perquisire tutto il solaio, questa origliata stava diventando interessante.

«Devo andare su in valle Sacra, ho lasciato Angelo con il Guzzi verso Ozegna. Mi devo sbrigare. Vieni qua che ti riempio di baci, poi andiamo a prendere il maglione, la giacca e le bende, forza!» concluse Duilio.

Rumore di baci schioccati, due risate che ben conosceva, rumore di passi che si allontanano. Bene, non era stato beccato, ma non se la sentiva ancora di uscire dal suo caldo e improvvisato rifugio, avrebbe aspettato ancora un po' per assicurarsi che Gina non tornasse. Sperava davvero che non tornasse, voleva subito affrontare la questione angoli del solaio, che comunque questa volta non diede frutti.

Alla fine di ottobre arrivò anche la prima lettera di suo padre.

Brema, 3 ottobre 1943
Cara Evelina, Giuseppe e Giovanni,
Qui a Brema mi sono sistemato bene. Ho trovato alloggio presso una famiglia tedesca, i Blohmer. Mi hanno affittato una camera del loro appartamento. Pago poco e mi fanno mangiare con loro. Sembrano brava gente, anche se sono tedeschi. Mi stanno insegnando qualche parola di tedesco.
Lavoro qui vicino a Brema, nella fabbrica di aerei Focke-Wulf. Ci sono tanti italiani che lavorano qui. Costruiamo parti di un bombardiere che si chiama Fw 190.
Ha un solo motore ed è pilotato da una sola persona. Sembra sia l'aereo tedesco più importante, piace molto ai piloti. Lo usano per attacchi al suolo, come bombardiere e nei voli notturni. Sulle ali e al fondo prima della coda ha una croce disegnata.

Mi trattano bene, perché i tedeschi dicono che gli
italiani lavorano più di tutti gli altri.
Sono andato a vedere Brema in giro. Ha un porto sul
fiume, ma non mi ricordo come si chiama. Uno che lavora
con me mi ha fatto una foto. Ve la spedirò.
L'anno scorso tra maggio e giugno hanno bombardato
tanto su Brema. Le case sono molto danneggiate. Anche
adesso spesso suonano gli allarmi e ci fanno correre
nei rifugi antiaerei. Stiamo sotto terra, 15 metri
sotto terra, a volte manca la luce, quando manca
bisogna pedalare su una bicicletta collegata a un
generatore, così abbiamo di nuovo la luce. Trema tutto,
poi quando smette usciamo e quello che c'era prima non
c'è più. Dicono che per noi non c'è pericolo, gli
operai della nostra fabbrica hanno posto nel rifugio e
ci avvisano in tempo. Non vi preoccupate.
Io abito in Zeppelinstrasse numero 2.
Riguardatevi. Vi scriverò presto.
Attilio

La lettera letta in modo zoppicante da Evelina nella cucina che profumava di stufa, fu ascoltata in modo rapito dai figli. Come sarebbe piaciuto a Giovanni vedere quegli aerei e immaginava il padre camminare sulle ali mentre verniciava o avvitava bulloni. Sembrava un lavoro pieno di fascino.

Lo sguardo di sua madre invece, era come al solito rassegnato, accasciata sulla sedia con la lettera ripiegata tra le mani e lo sguardo perso nel vuoto. Chissà a cosa pensava.
Un'improvvisata battaglia tra i figli le strappò un sorriso e a Giovanni parve che la normalità fosse tornata. Ora che non c'era il papà le loro battaglie erano meglio tollerate e nonostante tutto, sembrava che ci fosse un clima più rilassato in casa.

Mentre Evelina ripiegava la lettera, i figli volavano intorno a braccia aperte, tirò fuori un altro pezzo di carta.

«Un'altra lettera mamma?» disse Giovanni senza smettere di volare.

«No è la carta annonaria.» disse Evelina rigirandola tra le mani.

Giovanni e Giuseppe all'unisono chiesero «Cos'è?» correndo vicino alla mamma.

Lei rispose «Vedete i tedeschi hanno dato a tutti questa tessera. Ogni famiglia deve mangiare quanto dicono loro. Sono dei buoni, bisogna andare al negozio con questi e il fruttivendolo ci può dare solo quello che c'è scritto qui sopra. E' un guaio.»

Tutte le madri della via Pal commentavano indignate il funzionamento della tessera: si faceva la coda per prendere il cibo. I monelli si sentirono investiti del dovere di portare a casa il pesce pescato dall'Orco per mangiare, non senza aver fatto prima la cresta. Un po' di pesci erano sempre dati al droghiere contro il pagamento di caramelle. Giuseppe era incaricato di fare la coda per prendere il cibo. La tessera garantiva giornalmente:

20 grammi di carne, ma quella non c'era mai

200 gr di pane nero, e presto dentro il pane avrebbero trovato anche la paglia al posto della mollica

33 gr di patate

25 gr di legumi

25 gr di verdura

6 grammi di riso – un pugno

7 grammi di pasta – 5 penne

50 gr di frutta fresca

12 gr di burro e grassi – più spesso era strutto

5 gr di formaggio

200 gr di latte

16 gr di zucchero – spesso mancava e il sale era cosa rara. La via Pal fu solidale. Tutti si aiutavano di nascosto dai tedeschi. Il latte della capra per due uova della gallina della vicina. La cicoria raccolta nei prati, gli orti clandestini sulle rive dell'Orco. Due patate contro una trota o una piccola carpa. Su alcuni dei balconi insalata al posto dei fiori. I monelli portavano mele prese chissà dove. Nessuno domandava, tutti si aiutavano. Chi non riusciva a mangiare rubava con la forza della disperazione o si rivolgeva al mercato nero. Il mugnaio al di là dell'Orco, consegnava tutta la sua farina ai tedeschi, ma nascondeva sempre qualcosa per rivenderla a prezzo più alto. I contadini erano sistematicamente spogliati di tutto.

Giovanni e Giuseppe ormai erano abituati a mangiare senza sale. Avere più di un bicchiere di sale in casa, significava aver aiutato i partigiani. Sembrava che solo i partigiani avessero il sale. La banda di monelli spesso organizzava razzie per mangiare.

Gli ultimi giorni di ottobre nel paese tirava un'aria nuova: la gente cominciava a reagire contro la prepotenza dei fascisti, sembrava ribellarsi a Hesse. L'appoggio e la solidarietà ai partigiani diventava più forte. Agli occhi del capo di tutti il paese era sempre un branco di conigli incapaci e sottomessi a lui, ma in realtà la maggior parte di loro organizzava nell'ombra raccolte di viveri, abiti e armi da inviare ai partigiani. Agli occhi attenti di Giovanni non sfuggivano questi movimenti. Conoscendo le abitudini e la gestualità della gente della piazza e della via, a lungo osservati dalla finestra sul solaio, erano evidenti a Giovanni, comportamenti che non venivano percepiti dai tedeschi. Erano gesti impercettibili che nascondevano una resistenza intensa e profonda all'oppressore.

Giovanni spiava regolarmente Gina, lei non se ne accorgeva. Non sapeva valutare se lui era diventato più scaltro nel fingersi impegnato o se lei non era così furba come Duilio. Quest'ultima opzione lo preoccupava un po', visto che si dava tanto da fare per i partigiani.

Aveva notato che, a intervalli regolari, Gina si separava dal fazzoletto verde, regalo di Duilio. Durante questi spostamenti, il fazzoletto legato al collo diventava quello della domenica, a fiorellini, ma solo per poche ore. Questo era sicuramente un indizio e lui era determinato a scoprire cosa ci fosse sotto.

Prima di far coincidere i suoi orari con quelli di Gina, passarono diversi giorni, fatti di lavori e giochi. Quando raccoglieva legna secca lungo il corso del fiume o portava al pascolo le capre, dimenticava la missione "inseguimento Gina", ma cercava sempre di sbrigarsi per tornare a pedinarla. Insieme agli inseguimenti, portava avanti "l'operazione angolo nel solaio" per cercare il nascondiglio. Dopo quattro o cinque volte non aveva ancora trovato niente, ma la mamma diceva sempre di avere pazienza, forse era il metodo migliore.

La raccolta della legna, di norma veniva fatta in due o tre volte, non tanto per il trasporto di carichi successivi, quanto perché il mucchio accatastato veniva sempre disfatto per un'importantissima battaglia o abbrustolito per cucinare i pesci.

Bianca e Macchia, ben contente di stare all'aperto, dovevano sopportare la banda al completo che le cavalcava o le faceva prigioniere.

Durante una di queste battaglie, in un pomeriggio scandito dall'andirivieni di camion tedeschi sul ponte dell'Orco, Gina fece la sua comparsa all'improvviso e venne presa di mira da Manuia e dai più piccoli che ingaggiarono una battaglia di finti abbracci. I suoi splendenti occhi verdi sorridevano e Giovanni non si accorse subito del fazzoletto fiorito. Lei andò vicino alla pietra lambita dall'acqua, il posto suo e di Duilio, ma non si fermò. Solo allora Giovanni, che l'aveva seguita con la coda dell'occhio, abbandonò i giochi e divenne la sua fedele ombra. Gina stava andando verso il ciliegio dove quella volta avevano parlato i grandi del gruppo e lui era sul ramo, nascosto e in silenzio.

La vide togliere un pezzo di corteccia da una piega dell'albero. Apparentemente non sembrava ci fosse alcuna possibilità di intravedere un nascondiglio, tutta la corteccia sembrava un pezzo unico. Depositò in quel buco qualche cosa, rimise a posto il coperchio e dopo essersi guardata intorno, andò via.

Accidenti! Due cose da scoprire, il nascondiglio nell'albero e dove va Gina! Se non guardo subito, magari più tardi quello che ora c'è dentro sparisce, ma devo fare presto, Gina ha il fazzoletto chiaro e devo seguirla.

Combattuto dal non potersi dividere in due, decise di andare al ciliegio. Aveva memorizzato la piega, che fortunatamente non era troppo in alto. Non che l'altezza fosse un problema, ma adesso le mani gli servivano di più per violare il nascondiglio. La corteccia, in quell'increspatura interna aveva un piccolo buco arrotondato su un lato, invisibile da lontano, nel quale poteva entrare la punta di un coltellino. Tirò fuori il suo dalla tasca e dopo aver infilato la punta in quel pertugio, fece leva delicatamente. Con sua sorpresa, si sollevò uno spesso strato, somigliante a una pera. Il tappo non era stato costruito, mentre l'incavo che si apriva davanti ai suoi occhi era un buco profondo poco più di un palmo, adatto solo per piccoli oggetti.

Dentro trovò una piccola chiave e un foglietto di carta ripiegato. Sulla carta ingiallita c'era un disegno, una mappa. Riconobbe il ponte dell'Orco e una croce collocata vicino a un pilone votivo nei boschi sull'altra riva del fiume, verso Ozegna. Non c'era scritto niente. Meglio, meno tentazioni.

Rimise tutto a posto e corse via prendendo la stessa direzione in cui aveva visto avviarsi Gina. Dopo tutto sperava ancora di intercettarla. Corse a perdifiato e la raggiunse vicino alla chiesa di San Michele.

Salterellando allegramente, si affiancò a lei.
«Ciao Gina, dove stai andando?»
«Sto andando in chiesa a pregare.»
Era un'ora insolita per pregare, rifletté Giovanni: conosceva le abitudini di Gina, in chiesa ci andava solo la domenica mattina.
«Allora prega anche per il mio papà che è a Brema. Ciao.»

Gina entrò in chiesa, lui si appoggiò a una colonna del porticato di fronte, sperando che gli avesse creduto, aspettava il momento buono per entrare. Dopo un minuto o due scelse la porta laterale, meno in vista, quella vicino ai confessionali. La piccola porta di legno massiccio, era pesante, gli ci vollero tutte le forze per trattenerla e accostarla senza farla scricchiolare. I suoi occhi non si abituarono subito alla penombra della chiesa. A memoria si spostò verso destra, ma si bloccò quasi subito: era meglio togliere gli zoccoli e camminare scalzo. Strisciando contro il muro, le sue narici furono invase da un persistente odore di incenso, odore di chiesa. La poca luce che entrava dall'alto illuminava la navata centrale e l'abside finendo diritta sopra il crocifisso, sospeso sopra l'altare. Le navate laterali erano più buie e parte del loro spazio nascosto dalle enormi colonne centrali. Dalla canonica provenivano ovattati canti latini, le suore e la cantoria di bambine stavano provando per la messa. Il silenzio, la penombra quasi buia, l'odore di incenso sembravano averlo trasportato nel medioevo, come nei racconti letti da Duilio.

Raggiunse il confessionale e scostata la tenda si infilò dentro. Non era stato visto. La chiesa sembrava deserta.
Ma dov'é Gina?
Gina era inginocchiata nell'ultimo banco della navata centrale. Trattenne la tenda con la mano e la accostò al viso per nascondersi meglio, aveva un odore polveroso o muffoso, o era l'incenso. Solo una piccola fessura tra la tenda e il montante del confessionale per vedere, ma era sufficiente.
Forse Gina sta pregando davvero.
Non stava succedendo niente. Fu in quell'attimo che notò la differenza. Sull'anulare della mano destra di Gina vi era un anello, sembrava una fede. Non la aveva mai vista con degli anelli. Forse anche quello, come il fazzoletto era un segno di riconoscimento.
Chi deve incontrare?
Dopo qualche minuto aveva perso la pazienza, e stava pensando di sgattaiolare via. La porta laterale fece un sordo tonfo. Gina era ancora al suo posto. Rimbombavano nella chiesa i passi dell'uomo che era entrato. Oltre a Gina e lui, nessuno.
Gina si inginocchiò con le mani giunte e l'uomo con l'impermeabile sgualcito e il viso con una profonda cicatrice sulla guancia destra, si andò a sedere dietro a Gina. Ora erano veramente vicini. Secondi di silenzio che a Giovanni parvero secoli.
Perché mettersi vicini se tutta la Chiesa é vuota?

L'uomo iniziò a parlare e Giovanni respirò piano per cogliere ogni particolare, avrebbe voluto zittire il proprio cuore che batteva all'impazzata. Le loro parole erano sussurrate, ma chiare nel silenzio di quei sacri muri. Nella canonica per fortuna non cantavano più.

«Zaccaria 8, 12» disse lento l'uomo, con lo stesso tono di una preghiera.
«È un seme di pace: la vite produrrà il suo frutto, la terra darà i suoi prodotti, i cieli daranno la rugiada... » rispose Gina senza muoversi.
L'uomo terminò la preghiera «...darò tutto ciò al resto di questo popolo.»
«Ciao Tempesta, Vento sta bene e ti saluta.»
«Tu devi essere Aquila, quando vedrai Vento, digli che... mi manca, ma sto facendo tutto ciò che posso.» rispose Gina sempre inginocchiata e con le mani giunte.
«Sì, sono Aquila. Se ci saranno delle persone che hanno bisogno di scappare o di raggiungerci, sapranno che ogni giovedì a quest'ora sei qui, in questa posizione e con questi segni di riconoscimento. Non aspettare mai per più di un quarto d'ora, è pericoloso. Se hanno avuto qualche impedimento verranno al prossimo appuntamento. Si avvicineranno a te e diranno: "Zaccaria 8, 13. Non temete dunque: riprendano forza le vostre mani", ricordalo. Se devono raggiungerci in montagna, dagli le indicazioni che ti ha lasciato Vento.»
Toccò a Gina parlare: «La prossima settimana, nella notte tra martedì e mercoledì partirà il nostro primo carro. Il punto d'incontro lo saprà solo Vento, mi ha autorizzato a dirti solo quando e non dove.»

«Tranquilla, sapere solo un pezzo di storia è importante, così se uno di noi viene catturato non sa tutto e rischiamo meno." la calmò l'uomo intuendo il suo disagio.

«Ciao Aquila.»

«Arrivederci Tempesta. Non guardarmi in faccia mentre esco, così come hai fatto finora. Ricorda: non cambiare segni di riconoscimento.»

L'uomo si alzò, fece il segno della croce e lasciò la chiesa.

Giovanni era sudato ed eccitato al tempo stesso. Gina era ancora inginocchiata, le mani giunte, questa volta pregava davvero.

Non poteva uscire, non prima di Gina almeno. Anzi doveva parlarle. La sua mamma avrebbe potuto aiutarla.

L'apertura della tenda del confessionale fece sobbalzare Gina, certa di essere stata scoperta dal nemico, ma con stupore vide un faccino conosciuto che impietrito davanti al confessionale la guardava.

Il suo sguardo divenne severo «Vieni qua, dammi la mano e usciamo!» sussurrò con il tono più fermo e calmo che riuscì a produrre. Era inviperita. Ma prima di parlare a quel mascalzone voleva riordinare le idee.

Appena fuori dalla chiesa mise l'indice sulla bocca per zittire quel monellaccio e disse in modo secco «Al fiume!» e non mollò la presa dalla manina di Giovanni.

Quel tragitto fu il più lungo di tutta la sua vita. Aveva mal di pancia dalla paura e la mano gli faceva un male cane da quanto Gina la stritolava. Ma non protestava, non poteva, non osava.

Arrivati al fiume lo fece sedere sulla pietra sua e di Duilio, costringendolo e strizzando ancor di più la sua mano. Non si ribellò, come avrebbe fatto con suo padre. La guardò in faccia. I suoi occhi verdi erano una fessura, sembravano spade che ferivano più dello sguardo del capo di tutti. Gina gli faceva più paura del capo di tutti. Non l'aveva mai vista così arrabbiata. Questa volta l'aveva combinata grossa.

«Adesso tu mi ascolti bene. Non mi seguirai mai più e non te lo voglio ripetere. Non è un gioco questo!» finì urlando.

I suoi occhi erano rossi, sembrava stesse per piangere. Giovanni non capiva però se era arrabbiata o spaventata. Giovanni prese coraggio e parlò a Gina che ora gli voltava le spalle. Aveva le braccia conserte e le sue spalle esili ma ritte, aveva paura, sembrava suor Serena quando sgridava tutti.

«Io non volevo spiarti, voglio aiutarti. Ho capito cosa fai. La mia mamma ha già aiutato delle persone, gli ha dato dei vestiti e poi sono andati via con Duilio. Lo farebbe di nuovo, se tu le parli.»

«Ammiro la tua voglia di aiutarmi, ma questa non è una delle avventure che vivete qui al fiume, non è una di quelle marachelle che combinate tutti insieme, però l'aiuto della tua mamma e di tutti quelli che riesco a trovare mi serve. Le parlerò. Questa sera verrò da voi. «Ma tu,» disse puntandogli l'indice in modo minaccioso contro il viso «tu devi rimanerne fuori, sempre, e me lo devi promettere brutto testone! Prometti!» urlò.

Giovanni annuì con la testa, ma già sapeva che non sarebbe riuscito a tenere a bada la sua curiosità. Una volta Duilio gli aveva detto "La curiosità uccide il gatto", mai come oggi queste parole gli venivano in mente, soprattutto dopo la sgridata di Gina. Ultimamente se l'era fatta sotto per la fifa parecchie volte, sapeva di disobbedire, ma dentro di sé, però, sorrideva. Era soddisfatto dei risultati ottenuti.

Tornarono in via Pal in silenzio. La mano di Gina non mollava quella di Giovanni e la stritolava sempre. Gli sembrava una specie di vendetta e poi aveva sempre lo sguardo glaciale. Meglio stare zitti. Raggiunta la via, Gina si diresse al negozio di suo padre e

Giovanni si mescolò al resto della banda intenta a far correre una boccia di legno con i bastoni.

Suo fratello lo tirò dalla sua parte passandogli un bastone. Le squadre—erano quelle di sempre. Il gioco, l'allegria presero il sopravvento. Le risate cristalline risuonavano nella via. Alcune madri osservavano sorridendo quel momento di tranquillità.
Via Palestro, come tutto il paese del resto, si era trasformata. La maggior parte degli abitanti della via erano donne con bambini o vecchi. Gli uomini erano stati cancellati dal quotidiano. La maggior parte era in montagna. Alcuni erano stati strappati dalle loro case e portati via dai tedeschi. In paese erano rimasti solo gli uomini importanti. Il sindaco, il dottore, il farmacista, il miope dell'anagrafe, il fruttivendolo, qualche altro commerciante, il prete. Questa categoria sembrava non essere toccata dalle ire del capo di tutti.

Al termine della partita, i monelli erano tutti sfiancati. Giuseppe prese suo fratello e lo portò a casa. Doveva accendere la stufa e mettere a bollire quattro patate per cena. Andarono anche nella stalla dalle caprette. In questo periodo avevano meno latte. Giovanni non disse nulla a suo fratello della visita che avrebbero ricevuto quella sera.

Sua madre arrivò di lì a poco, con le braccia viola questa volta. Abbracciò i figli e mangiarono. Non c'era nient'altro che quelle quattro patate e lo sguardo stanco di Evelina che chiedeva ai figli come avevano trascorso la giornata, ovvero cosa avevano combinato. Le fedeli spie della via non mancavano mai di raccontarle tutto, così tra un rimprovero e l'altro, cercava di coccolarli e prenderli in braccio.

Mentre la madre riassettava la cucina e Giuseppe era sgusciato nella stalla, Giovanni era preoccupato: presto sarebbe arrivata Gina e lui doveva dirlo alla mamma.

«Mamma senti, poi passa Gina, ti deve dire una cosa.» disse timidamente alla madre.

«Cosa mi deve dire? Di cosa ha bisogno?»

«Non lo so.» mentì.

Ora Giovanni si sentiva meglio, aveva sputato quasi tutto il rospo. Doveva solo aspettare. Dopo una manciata di minuti, bussò ai vetri della porta della cucina la Gina.

Evelina le fece segno di entrare. Si salutarono.

Gina lo abbracciò.

Allora non è più arrabbiata con me.

Dopo un cenno di saluto, le due donne in silenzio sedettero al tavolo della cucina e Giovanni vicino alla stufa.

Guardando il figlio, Evelina disse «Vai di sopra, è quasi ora di dormire.»

«No, lascia, non importa.» disse Gina mettendo la sua mano sul braccio di Evelina.

Adesso le dice anche dell'inseguimento, guarda che faccia. Sono fregato, se mamma si arrabbia sul serio, è peggio di papà.

La mamma riusciva sempre a farli sentire dei vermi con la storia che avevano tradito la sua fiducia e la sua bontà. Gina fu buona. Non disse nulla, forse non voleva preoccupare la mamma.

«Evelina tuo figlio, come altri della banda e come altri fidati qui in via, sanno cosa facciamo io e Duilio.»

«Lo so anch'io. Tutti in paese fanno quello che possono. La maggior parte di noi aiuta i partigiani.»

Giovanni era stupito da sua madre: sembrava sempre che il paese le scivolasse addosso. Nel frattempo era entrato Giuseppe, dopo uno scambio di saluti e la promessa del silenzio, gli fu concesso di ascoltare.

Gina illustrò il quadro completo per ottenere una collaborazione più convinta. Evelina era una persona fidata, ma voleva renderla più partecipe. Voleva farle capire il ruolo delle donne nella guerra di liberazione, a prescindere dai motivi politici delle partecipanti. L'elemento più importante era l'aiuto di tutte. «Faccio parte di uno dei gruppi GDD[2] e aiuto i combattenti. A Torino ci sono più gruppi di questo tipo che raccolgono soldi, vestiti, medicine, armi, stampano volantini e li fanno circolare con la collaborazione di persone come me, per sostenere i nostri uomini in montagna. Ci aiutano tutti, anche il prete e il dottore. Sono una staffetta, porto ordini, sono un collegamento tra qui e la montagna, mi faccio aiutare da chi mi posso fidare. Sono utili i nostri occhi di donne, tutto quello che succede in paese, possiamo scoprire le spie, i movimenti dei tedeschi. Tutto è utile. Molte di noi vanno su in montagna e sparano come gli uomini. Altre come me vanno avanti e indietro. Noi donne che stiamo qui dobbiamo comportarci come sempre, i tedeschi non devono accorgersi di quello che facciamo. Qui nella via mi aiuta la pugliese. Fa delle borse con il sottofondo. Dal dottore possiamo portare di notte i feriti e la sua infermiera va su in montagna a curarli o a portare le medicine. Con la fioraia, vado in parrocchia

2 Gruppo di Difesa della Donna

a San Michele, dove l'infermiera ci spiega pronto soccorso. Don Piero sorveglia e se c'è del movimento, lui corre da noi e fa finta di insegnarci il francese. Teniamo sempre tre libri aperti sul tavolo della sacrestia. Tutti i lunedì dopo cena ci riuniamo nella stalla della calzolaia e cuciamo. Facciamo bende con vecchie lenzuola. Abbiamo sempre il rosario in grembo, così se arriva qualcuno possiamo dire di pregare. Una volta ogni quindici giorni, la notte organizziamo un carro con un po' di tutto e lo facciamo arrivare su in montagna. Raccogliamo tutto e di nascosto lo portiamo giù all'Orco. Lì abbiamo dei bidoni seppelliti dove stipiamo tutto. Poi nella notte decisa, Tonio delle sementi viene giù con il suo carro piccolo, gli fascia le ruote con gli stracci per non far rumore, carichiamo e guadiamo il fiume, lontani dai posti di blocco. Qualche volta cerchiamo di fargli arrivare munizioni e armi. Altre qui in paese ospitano i partigiani di passaggio, li nascondono e dividono con loro il cibo. Per il cibo ci aiutiamo tutti. Scambiamo quello che troviamo o che abbiamo, visto che con le tessere non abbiamo mai quello che ci serve. E ne mandiamo anche su in montagna.»

Evelina e i suoi figli avevano ascoltato attenti senza interrompere. Dopo qualche secondo di silenzio Evelina disse «Va bene Gina, puoi contare su di me. Verrò anch'io nella stalla a cucire e ti dirò quello che vedo o sento.»

«Grazie Evelina, grazie!» disse Gina sorridendo.

Evelina si alzò e abbracciò Gina per congedarsi. I suoi occhi erano fieri. Poteva dimostrare che valeva e che pensava.

Giovanni accompagnò Gina fino al portone. Quella sera il freddo faceva gelare il fiato, Giovanni le disse: «Ho visto anche il nascondiglio nell'albero.»

Un altro sguardo di rimprovero e Gina sottovoce rispose: «Tienitelo per te, non dirlo a nessuno. A nessuno, capito?»

Giovanni annuì, sapeva che Gina non stava scherzando e mai si sarebbe permesso di tradire la sua fiducia, anche se si sentiva in colpa per averla seguita di nascosto. «Tranquillo, fai il bravo, buonanotte.» lo calmò Gina leggendo nei suoi occhi questi timori. Svelta come un gatto uscì dal portone.

Nei giorni seguenti sotto il vestito di sua madre arrivarono direttamente dal cotonificio Valle Susa piccoli tagli di stoffe di vario tipo. Erano scarti che le aveva dato l'unica vera amica che aveva a Rivarolo, una donna che prima lavorava alla SALP con lei. La sera o la notte nella loro stalla con Bianca e Macchia o nella stalla della calzolaia apparivano magicamente bende, camicie, pantaloni. La pugliese lavorava anche a maglia: con la lana che portava Gina, confezionava guanti e calze. Ogni sera Gina portava via i lavori finiti e andava a nasconderli nei bidoni. La settimana a venire sarebbe partito il primo carro nel quale ci sarebbe stato anche il loro contributo.

Natale 1943.
Giovanni, come tutti i bambini aspettava il Natale anche se non avevano un presepe bello come quello di Duilio. Giovanni e Giuseppe decisero di fabbricarselo.
Nessuno sembrava felice per l'arrivo del Natale, vista la piega che avevano preso gli eventi. Loro due però erano attivissimi.
«Secondo me, facciamo un presepe che nessuno ha, bellissimo!» esordì Giuseppe.
«Andiamo all'Orco a cercare!» propose Giovanni.
Intabarrati nei maglioni di lana pungente, con calze altrettanto pungenti infilate negli zoccoli di legno si avviarono verso il fiume.
«Dobbiamo trovare un pezzo di corteccia per la grotta, il muschio per l'erba, le pietre e... » parlava a ruota libera Giuseppe, aiutato

da Giovanni «e i rami per gli alberi e del legno che tagliamo col coltello per fare Maria, Giuseppe e il bambino.»

Lavorarono tutto il pomeriggio. Si erano sistemati in cucina vicino alla stufa che alimentavano continuamente. Mamma era a lavorare e loro, per una volta, non stavano combinando niente ai danni di nessuno. Accanto al muro avevano sistemato una pietra tonda con il muschio e sopra avevano appoggiato di sbieco un pezzo di corteccia. L'interno della grotta aveva il pavimento rivestito di muschio che arrivava fino all'esterno. Qua e là piccoli e tondeggianti sassi di fiume completavano la scena.
Dietro la grotta sistemarono un ramo. Con una striscia di carta di giornale sagomarono un fiume. Misero un po' di sabbia in alcuni punti. Passarono poi alla Sacra Famiglia. Con i coltelli da cucina grattavano e scavavano pezzi di pioppo, morbido da lavorare. Erano così presi dal lavoro da stare in silenzio. Alla fine tre bellissimi personaggi, in realtà più simili a piccoli birilli erano pronti. Con la matita disegnarono occhi, bocca, braccia e qualche altro dettaglio utile e alla fine li collocarono nella grotta.
«E' bellissimo! Mamma sarà contenta!» disse Giuseppe.
«Già, bellissimo!» concluse contemplativo suo fratello.
Rimasero sdraiati sul pavimento per un tempo indefinito in silenzio orgogliosi del loro capolavoro. Di tanto in tanto con un colpetto qua e là, sistemavano meglio una volta un sasso, un pezzetto di muschio o aggiungevano un rametto.

Era ormai buio quando entrò in cucina Evelina di ritorno dal lavoro, li trovò ancora sdraiati in contemplazione. Sembrava contenta della sorpresa. Disse allegra «Il nostro Natale sarà più speciale con questo presepio. Anch'io ho una novità. E' arrivata una lettera di papà!»

I fratelli si raccolsero intorno alle ginocchia della madre, seduta sulla sedia. Con gesti stanchi e mani azzurre tirò fuori dalla tasca lisa del vestito grigio una lettera tutta spiegazzata per leggerla ai figli.

Brema, 2 dicembre 1943
Nanu cari,
qui fa molto freddo. I Blohmer mi hanno dato un cappotto. A gesti mi hanno fatto capire che la mia giacca non bastava. Sto mangiando tante patate. Il lavoro alla fabbrica è duro, a volte anche 14-16 ore, ma pagano bene. Spesso suonano gli allarmi e andiamo nel rifugio. Ieri con i Blohmer sono andato in un altro rifugio vicino a casa. Quando sono uscito dal rifugio la chiesa di fronte non c'era più. Era rimasto in piedi solo il campanile.
Un'altra casa aveva solo più il muro di facciata. Stranamente non tutti i vetri erano rotti e c'erano ancora le tende alle finestre. Un mio compagno di lavoro che è qui da più tempo di me mi ha detto che le case vanno giù anche per lo spostamento d'aria forte che provocano le bombe quando cadono.
Questo lo scrivo per i ragazzi.
Dove lavoro, fuori e dentro il capannone ci sono gli aerei FW 190 quasi finiti. Un altro che lavora lì e che ho conosciuto mi ha fatto vedere gli aerei finiti. Sono grandi: le ali sono lunghe 10 metri e mezzo e tutto l'aereo è lungo 9 metri. Può andare veloce oltre i 600 km all'ora, 20 volte più veloce di un treno e con un solo pieno di carburante da voi a Rivarolo può raggiungere Mantova e ritornare indietro senza rifornirsi di nuovo.
Hanno delle mitragliette, sopra, sui fianchi. Dove si siede il pilota ci sono tanti strumenti complicati per farlo volare e non hanno il volante come le auto, ma

una leva strana che non so come si chiama. Mi piacerebbe che voi due ragazzi poteste vederlo da vicino.Passate un buon Natale, e dì ai bambini di fare i bravi.
Attilio

«Che bella lettera!» disse Evelina sorridendo ai figli. «Scritta bene.» aggiunse, «Eh si vede che papà fino agli otto anni ha avuto un buon maestro, tu Giovanni hai preso la tua curiosità proprio da lui.»

Nella busta papà aveva mandato 50 marchi tedeschi. Evelina non sapeva proprio cosa farsene, in Italia c'erano le lire. Li avrebbe messi da parte. Vi era anche una foto che raffigurava il papà con il cappotto doppio petto che i Blohmer gli avevano dato, vicino ad un lago in fila con altri uomini, forse altri italiani suoi compagni di lavoro, in una giornata di sole. Era elegante. Sorrideva, forse lui se la passava meglio, pensò Giovanni, o forse quel sorriso era per loro. E lo invidiava per gli aerei visti da vicino, mentre suo fratello volava ad ali spiegate per la cucina.

Evelina invece girava su e giù per la cucina con quei 50 marchi. Sembrava un gatto selvatico in gabbia, ben lo sapeva Giovanni. Al fiume ne avevano imprigionato uno attirandolo in una gabbia di legno che avevano costruito.

Ripensava ridendo a quell'episodio. «Ti ricordi del gatto?» disse al fratello. Cominciarono a ridere senza poter più fermarsi. Il gatto in questione, spesso girovagava vicino al loro accampamento al fiume, mai si era avvicinato, sempre ostile, soffiante e bisbetico o impaurito secondo alcuni. Nella gabbia, fatta di rametti legati fittamente tra loro, avevano messo una lisca e la testa di una trota abbrustolita poco prima. La porta era tenuta aperta da un bastone al quale avevano legato un lungo spago, da tirare per chiudere, non appena il gatto fosse entrato.

Il tigrato in questione, ossuto, con una grossa testa e una coda storta che sembrava essere stata chiusa in una porta, con il pelo arruffato anche in condizioni normali, si fece attendere quel giorno, quasi prevedendo la trappola tesa per lui.

La gabbia al centro, lo spago nelle mani di Manuia, UCAS dietro l'albero più lontano, Giuseppe pronto a scattare sulla gabbia dietro l'albero più vicino.

Il resto della banda, sparso qua e là in silenzio. Il gatto li vide, e più riluttante che mai attraversò l'accampamento non degnando di uno sguardo quell'oggetto. Poi il profumo del pesce ebbe la meglio e il tigrato entrò nella gabbia. Il silenzio dei cacciatori fu interrotto da urla di vittoria. Subito le loro urla furono sovrastate dai ruggiti del gatto che già stava facendo a pezzi la gabbia e nelle sue intenzioni non solo quella, ma anche i suoi rapitori.

Spaventati da tanta violenza mollarono tutto e si nascosero nelle postazioni di partenza. Il gatto con il pelo dritto sulla schiena era in mezzo a loro, soffiando e emettendo suoni che non erano certo miagolii, prese la testa del pesce, diede ancora un paio di zampate alla gabbia e corse via con la coda gonfia agitata.

«Che occhi, che paura, ci è andata bene!» commentò Manuia.

«Io ho mal di pancia.» aggiunse UCAS.

«Tu hai sempre mal di pancia!» disse Giovanni.

«Pensate se lo mettevamo nel forno di una stufa accesa... » disse sognante Giuseppe.

L'evocazione del ricordo, finì presto cercando di capire cosa stava succedendo alla madre. «Perché sei nervosa, mamma?» chiese Giuseppe ancora rosso in volto per le risate.

«Questi soldi non so dove metterli! Se i tedeschi vengono qui e me li trovano pensano che li ho rubati. Però potrei dire che papà lavora per loro e fargli vedere le lettere, li metterò nella credenza con la lettera.» Stava ragionando ad alta voce.

Giovanni era stupito. Quanto è complicata la vita da quando sono arrivati questi tedeschi.

Natale portò due mandarini, una bella polenta e un'acciuga sotto sale. Il sale fu raccolto in un cucchiaino e messo da parte, l'acciuga venne messa in un piattino al centro del tavolo. A turno tutti e tre strofinarono il pezzo di polenta sull'acciuga, adesso aveva un sapore ineguagliabile. A parte la mancanza di papà, fu un Natale bello, con la pancia piena.

Il nuovo anno fu accolto come un giorno qualsiasi. La neve cadeva fitta sui posti di blocco, per il paese, le attività di Hesse e della sua cricca, sembravano congelate. I monelli scorrazzavano ingaggiando battaglie a palle di neve sulla piazza.

Stranamente a una di quelle battaglie prese parte il fruttivendolo. Dopo pochi tiri si congedò a suo modo «vado che son vei coma l'aso dël presepio!» - vado che sono vecchio come l'asino del presepio. I monelli risero nel vedere per una volta il fruttivendolo gioviale.

Le donne della via Pal continuavano a lavorare zitte sotto gli occhi dei tedeschi, efficienti e determinate, facendo quello che serviva, consapevoli di rischiare la pelle come gli uomini in montagna. Agli occhi dei tedeschi erano solo donne sottomesse e impaurite. Le sartine, utilizzate anche da Hesse, portavano ordini, medicinali, spiavano e riferivano i movimenti dei tedeschi ad altre donne fino a far arrivare i messaggi su in montagna.

Alla sera nella stalla, mentre si confezionava il necessario da spedire con i carri ai partigiani, raccontavano a Gina tutto quello che avevano sentito o visto. Anche i monelli raddrizzarono meglio le orecchie. Riferirono qualche frase strana sentita, una persona fuori posto. Tutto poteva essere utile.

In una di quelle sere UCAS e Giovanni decisero di parlare a Gina, incoraggiati dal fatto di essere tutti nella stalla contro il nemico.
In coro UCAS e Giovanni pronunciarono il nome di Gina. «Ditemi ragazzi.»
Iniziò UCAS incoraggiato da Giovanni che lo teneva per una manica. Erano seduti su due sgabelli di legno che parevano scottare sotto di loro, tanta era la paura nel riferire quello che avevano visto.
«Ecco, sai, in fondo alla via, quello là che abita dal panettiere e che lo aiuta» proseguì Giovanni «lo abbiamo visto uscire al pomeriggio, mentre il panettiere dorme, lui non dorme, ma due volte lo abbiamo visto che parlava con il soldato che è sempre con Hesse.»
«Ma non era vestito da soldato!» aggiunse UCAS.
«Dove li avete visti parlare?» chiese interessata Gina.
Rispose UCAS «Ecco noi cercavamo, cioè guardavamo, le galline della contessa nel prato del castello Malgrà e quei due lì si guardavano sempre dietro, non camminavano vicini, poi vicino alla cascina del castello sono andati dietro il pollaio a parlare.»
«Va bene, controlleremo, grazie, ma state alla larga da quel tipo e anche dalle galline della contessa, intesi?» Annuirono entrambi.

106

Evelina che fino ad allora aveva ascoltato in silenzio, mentre preparava delle bende commentò: «Giovanni che cos'è questa storia delle galline e degli inseguimenti?»
Con noncuranza e con uno sguardo d'intesa con UCAS risposero all'unisono: «Niente.»
Giovanni non sapeva se aver più paura per il lavoro da spia o per essere quasi stato scoperto a rubare galline.

In ogni caso quella giornata era stata grande. Forse avevano messo Gina sulla strada di una spia e poi avevano mangiato sulle rive dell'Orco una splendida gallina livornese arrosto. Era ancora gradevole il ricordo del fuoco e della gallina che spennata, pulita e infilzata con un bastone che abbrustoliva emanando un delizioso profumo. Lui e UCAS per una volta avevano zittito il loro stomaco. Nel prato antistante il castello ne razzolavano davvero tante, un centinaio forse, di tutti i colori, sempre libere e poi era certo, il fattore non le contava tutti i giorni. Quella sera avrebbe dormito meglio senza i morsi della fame; si sarebbe addormentato prima.

Quella sera in camera con suo fratello, aspettavano il sonno godendosi il calduccio della stufa e chiacchierando, quando all'improvviso sentirono del trambusto in strada. La curiosità era troppa, dovevano vedere, niente spari, solo urla concitate. Uno sguardo e corsero ad aprire le imposte per sbirciare.
L'aiuto panettiere era trascinato e malmenato nella via da tre individui. Cercavano di farlo tacere mettendogli le mani sulla bocca, mentre lo riempivano di pugni. «Venduto!» gli dicevano. Gli uomini che lo malmenavano avevano fazzoletti sul viso.
«Allora era davvero una spia!» disse Giuseppe a suo fratello che annuì.

Il fazzoletto cadde dal viso di uno dei tre. Giovanni trasalì con un gemito.

«Che c'è?»

«Quello lì lo avevo visto parlare con Gina.» disse Giovanni indicando l'uomo.

I tre sparirono voltando a destra al fondo della via, proprio all'angolo con il negozio del panettiere, così i fratelli rientrarono e si misero a dormire.

Il giorno seguente l'uomo che aiutava il panettiere non si vide. Nonostante i numerosi passaggi di fronte al negozio che UCAS, Giovanni e Giuseppe si impegnarono a fare.

Il giorno dopo ancora, nel pomeriggio, mentre giocavano a pallone in via, una delegazione di tedeschi li interruppe e attraversò tutta la via fino al negozio del panettiere, con il quale parlarono a lungo. Non sembrava un interrogatorio, non sembravano così minacciosi come di solito. Di lì a poco arrivarono anche i carabinieri.

I monelli stavano a debita distanza, ma intuivano che qualcosa doveva essere stato scoperto a proposito dell'aiuto panettiere, ma non seppero nulla di più.

Le notizie arrivarono la sera nella stalla, durante il solito lavoro per il carro.

Quando entrò Gina, oltre ad uno splendido sorriso, portava mele caramellate su uno stecco per dieci bambini.

«Mi devo complimentare con UCAS e Giovanni. Bravi, abbiamo scoperto una spia. Meno male che non ha scoperto quello che stiamo facendo qui. Queste sono per voi, venite, ma promettetemi tutti che non vi caccerete nei guai, scansate i tipi sospetti.»

UCAS e Giovanni si aspettavano una bella ramanzina, ma quella sera c'era una strana ilarità nel gruppo. Anche Evelina era allegra.

UCAS chiese a Gina: «Ma dove lo hanno portato quello là?»

Gina con tono fermo e freddo replicò: «Lo hanno portato lontano e questa mattina i tedeschi lo hanno trovato fucilato in un fosso vicino a Feletto.»

Il suo tono così freddo aveva perfettamente illustrato il rischio di una situazione simile e il pericolo che si poteva correre. I monelli si guardavano spaventati, i partigiani avevano eliminato la spia.

1944 · Il nuovo anno

A gennaio truppe fasciste transitarono in paese, carri armati alti e rumorosi, facevano paura più dei tuoni e incuriosivano i monelli della via Pal e tutto il resto del paese. Tutti andavano a vedere: si schieravano contro i muri della piazza, dai balconi, dalle finestre, per assistere alla sfilata.

C'era chi parlava, chi abbozzava un timido sorriso, chi aveva gli occhi spalancati e immobili, chi li seguiva camminando. Che cosa aleggiava nell'aria? Paura, terrore, curiosità, cosa sarebbe accaduto di lì a poco?

L'aria era pungente e il cielo terso. Il fiato caldo usciva dai nasi e dalle bocche dei soldati che segnavano il passo tuonando con gli scarponi. Era una fredda colonna in marcia, tutti imbronciati, resa ancora più gelida dai cingoli sferraglianti dei mezzi.

Giovanni e Giuseppe in punta alla via, appoggiati al muro della casa del fruttivendolo, con occhi sgranati osservavano i carri armati affascinati e terrorizzati.

«Pensa se finisci sotto quelle strisce che girano, non hanno le ruote, ti schiacciano tutto! Vanno a cercare i partigiani. Pensa sparare con quel cannone che buco che fai, pensa guidarlo, altro che la bici di UCAS!» diceva Giuseppe a Giovanni, che non commentava e impaurito stringeva un lembo della giacca del fratello, catturando ogni minimo dettaglio della sfilata. La punta delle dita era bianca e contratta tanto stringeva forte. Tutto il suo corpo era in tensione. Dovette serrare i denti per non lasciarsi sfuggire un gemito di terrore. Terrore e fascino allo stesso tempo, una sensazione nuova.

Un carro armato si fermò proprio di fronte a loro, a una ventina di metri. Il fruttivendolo stava esclamando: «Un Panzer tedesco!»

Era lungo sei metri, suo fratello stava contando i passi di un soldato che stava superando il carro, si sa, diceva Giuseppe, ogni passo è più o meno un metro. Era molto più alto di una persona, più di due metri e mezzo osservava il droghiere. I cingoli, così si chiamavano quelle strisce che lo facevano andare avanti al posto delle ruote, sembravano adattarsi al terreno; al loro interno otto rotelle più piccole e due più grandi alle estremità. Un ingranaggio grandissimo, simile a quelli che stanno dentro la cassa degli orologi; lui e Giuseppe conoscevano gli ingranaggi, avevano smontato l'orologio del padre, ma poi non avevano saputo rimontarlo.

Sulla sommità del carro, una specie di torretta con uno sportello che venne aperto verso l'alto. Uscì una testa per controllare il cannone, imponente, molto lungo, minaccioso guardava avanti a sé. Sulla torretta vi era un grosso numero 141 scritto in nero e bordato in bianco, come la croce dell'esercito tedesco sulla fiancata.

«E' mimetico.» disse il fruttivendolo, ostentando molta competenza.

«Ma come fa a nascondersi se fa tutto quel chiasso per andare avanti?» commentò sarcastico Giuseppe che si guadagnò un'occhiataccia dal fruttivendolo.

Fecero capolino altri due uomini con i caschi calati in testa, sembravano controllare il procedere della colonna. La loro uscita corrispose con un'altra spiegazione del fruttivendolo: «Equipaggio: capo-carro, guidatore, cannoniere, caricatore, operatore radio.»

Ha studiato la lezione a memoria, proprio come vogliono le suore.

111

Il cannone roteò prima a destra, poi a sinistra e dopo essersi riposizionato parallelo al veicolo, il portello si chiuse e il carro procedette a passo d'uomo. Nonostante la distanza, i piedi percepivano il tremore del terreno. La gente si spostava togliendosi dalla linea di tiro del cannone. Giuseppe sorrise a quell'inutile atteggiamento difensivo.

«Eh... neh, nevicherà presto, guarda che nuvole, poi l'aria che scende giù da Cuorgné è proprio fredda, neh! Vieni Giovanni, prendi una mela per te e tuo fratello, queste sono le Carline, piccole ma buone. La prossima volta se ce l'ho vi do una renetta.» chiuse il discorso il fruttivendolo, rientrando in negozio seguito dai due fratelli.

«Grazie, avevamo proprio fame.» disse Giovanni allargandogli un sorriso interrotto dal fratello che ringraziò a sua volta. «Grazie, anche per quello che ci hai detto sul carro armato!» Il suo sguardo era troppo canzonatorio, infatti, la parola armato gli morì sulle labbra smorzata dall'occhiataccia di Giovanni.

Il fruttivendolo gongolava soddisfatto, non si era accorto dell'ironia. Giuseppe appena lui voltò le spalle, allargò le braccia in modo interrogativo verso il fratello «Che ho fatto?» sussurrò, ma fu fulminato in modo ancora più truce.

A quanto pareva, suo fratello non si era accorto di essere stato sfacciato e il fruttivendolo era troppo pavone per notarlo. Lui non spiegava mai le cose come Duilio, ma non lo faceva per vantarsi, ne era sicuro, era sempre mosso dall'entusiasmo. Ecco da chi aveva preso Gina.

Tornarono verso casa. Sbocconcellando ognuno la propria mela, incuranti dei soldati e del carro armato. Ormai non c'era più nulla da vedere.

Per una settimana, disegnarono carri armati e ne intagliarono uno, ricavandolo da un pezzo di legno di robinia. Non avevano colori, ma un pezzo di legno incenerito permise loro di fissare alcuni particolari. Il tempo era pessimo. Limitava le loro uscite.

A Cuorgnè il 7 dicembre 1944 aveva lasciato un segno molto chiaro. Da Rivarolo si vedeva il fumo degli incendi alzarsi nel cielo e tutti speravano che non succedesse anche da loro.

In riva al fiume i monelli guardarono quel grigio salire al cielo. In lontananza sfrecciò un aereo dal quale videro distintamente cadere puntini grigi.

«Lanciano le bombe!» esclamò Manuia.

Un sordo tuono in lontananza e un bagliore «Chissà dov'è caduta?» urlò Giuseppe.

«La manifattura dove lavora Gina è da quelle parti!» commentò Giovanni.

«E se poi passano di qui?» proseguì Manuia.

«No, la campana non è suonata e nemmeno le sirene,» lo rassicurò Giuseppe «e poi non c'è nessun altro qui al fiume, ci siamo solo noi, sarebbero scappati tutti.»

L'aereo da cui poco prima avevano visto scendere i puntini grigi, passò sopra le loro teste a quota molto alta. Dal ponte dell'Orco le mitragliatrici tedesche cominciarono a cantare. Con le mani sulle orecchie e gli occhi verso l'alto tutti osservarono il passaggio.

Righe rosse nel cielo cercavano di raggiungere l'aereo. «E' troppo alto, non lo beccano!» urlò Giuseppe.

«Guardate ha quattro motori,» disse Manuia, «è grande!», ma l'aereo era già lontano.

«Perché gli sparano? Non è uno dei loro? Cosa sarà andato a fare su di là?» disse Giovanni.

Tutti alzarono le spalle e tornarono verso casa volando a braccia tese e mitragliandosi a vicenda.

Verso il 20 gennaio arrivò un'altra lettera di Attilio:

Carissimi,
sto sempre lavorando. Qui i bombardamenti ci sono notte
e giorno, quasi non facciamo in tempo ad arrivare nel
rifugio. Sono morti due compagni di lavoro nell'ultimo
bombardamento. La casa vicino a quella dei Blohmer è
stata colpita e è crollata per metà. Io sto attento. In
ogni modo mangio tutti i giorni e pagano bene, devo
rimanere qui ancora un po'.
Attilio

Quest'ultima lettera ricevuta era la più drammatica. Qui non si mangiava, i tedeschi non scherzavano certo, ma almeno bombe sulla testa non ne erano ancora cadute. Altri 50 marchi tedeschi accompagnavano la lettera.

Il tono drammatico di quella lettera fu trasferito dalla lettura della madre ai figli. Ora erano tutti e tre agitati. Evelina sforzandosi di sorridere disse: «Devo scrivere a Emma!»

I figli la guardarono interrogativi: «Per dirgli cosa?» chiese candidamente Giovanni.

«Niente! Ci sono più cose che non posso raccontarle che quelle che posso dirle!» rispose con un tono insolitamente alto per lei.

«Hai paura che ti leggano la posta i tedeschi?» si interessò allora Giuseppe.

«Sì.» fu la sua risposta sussurrata e con questo la conversazione finì.

Oltre alle truppe tedesche, oltre alle persone arrestate che vedevano sfilare per le vie cittadine verso il comune dove c'era la prigione, oltre al passaggio di aerei molto alti, oltre alle sfuriate di Hesse, oltre al coprifuoco, oltre alla posta controllata (doveva dirlo a Gina, ma forse lo sapeva già), Giovanni riusciva sempre a divertirsi, solo o con il resto della banda.

Gina, sempre spiata, era meno presente nella vita del paese, perché lavorava alla manifattura di Cuorgné. Partiva con la sua bicicletta al mattino presto e tornava a metà pomeriggio, talvolta anche più tardi. Certe volte al venerdì spariva per poi ricomparire la domenica sera o il lunedì pomeriggio e si vestiva sempre da uomo. I pantaloni grigi, un grande giaccone pesante, il basco e una lunga sciarpa di lana, fatta con gli avanzi, arrotolata tutto intorno al collo.
Durante quei sabati di sua assenza, il fruttivendolo, suo padre, era intrattabile anche con i clienti del negozio e, cosa ancora più grave, niente mele o caramelle.

La neve e il freddo bloccavano le attività al fiume. All'Orco si andava solo per raccogliere la legna. Quando non nevicava, i monelli si inventavano scorribande nella via e partite con un pallone di stracci.
In quell'inverno uno dei giochi preferiti di Giovanni fu proprio spiare Hesse, che al pomeriggio passeggiava sempre in paese.
Da qualche tempo in queste passeggiate era accompagnato da una signorina bionda con gli occhi grigi. Abitava nella villa di fronte alla stazione.
Lei era diversa dalle figlie delle famiglie che conosceva. I suoi capelli avevano sempre strane onde che non ondeggiavano, erano salde sulla fronte e sui lati del viso. La sua carnagione chiara strideva con il rossetto rosso e le guance rosa. Le sue movenze non erano naturali, ma impostate ed eleganti. Non andava sotto braccio a Hesse con quella complicità che aveva visto tra Gina e Duilio. Erano rigidi, nonostante i sorrisi e le

115

chiacchiere. A Giovanni e Giuseppe sembrava proprio che Hesse esibisse un trofeo, una del paese dalla sua parte, mentre tutti lo odiavano. In effetti, tutti odiavano lui e anche la signorina.

Un pomeriggio i monelli erano appostati in cima alla via, impegnati in scaramucce, quando assistettero a uno di quei passaggi. Giuseppe prendendo sottobraccio UCAS iniziò a imitare la signorina tra le risate generali e il fruttivendolo commentava ad alta voce: «Benedetta gioventù, ma avete ragione neh... guardate come fanno ridere quei due, al garòfo e la saraca che figura da cicolaté!» (il garofano e la sardina che figura da cioccolatai).
A questa affermazione i monelli risero ancor più forte attirando l'attenzione di Hesse, che non colse il significato di quelle risate. Il suo sguardo sospettoso, incrociò quello di Giovanni che sostenne lo sguardo, fu Hesse a cambiare bersaglio.

Non ti accorgi nemmeno che ti prendiamo in giro. Non potrai mai passeggiare con una come Gina!

Il freddo umido li stava pungendo. Giovanni chiamò suo fratello, destinazione solaio. Gatta come al solito, arrivò puntuale. Erano diventati amici e ormai si era stabilito tra loro un fitto dialogo fatto di sguardi. C'era lo sguardo delle coccole, lo sguardo della fame, lo sguardo del non toccarmi (generalmente rivolto a Giuseppe). La gatta adorava Giovanni. Si acciambellava sempre vicino a lui non appena poteva.

Voleva riprendere le ricerche. Che cosa aveva nascosto Duilio con Gina e dove? Nonostante avesse cercato in lungo e in largo non aveva trovato niente. Era solo certo il luogo dove non c'era niente, l'angolo in cui si era nascosto lui.

Frugò poco, faceva freddo, suo fratello lo aveva già abbandonato, destinazione casa.

Dopo pochi minuti anche lui pensò che era meglio rimandare. Fu seguito attraverso i tetti da Gatta. Gatta non rimase nel solaio, strano, aveva un disperato bisogno di Giovanni e miagolava insistente seguendolo. «Micia, micia, vieni, andiamo a casa.» disse.

All'arrivo sul balcone della loro camera la micia saltò giù e si infilò per prima nella camera.

Deve avermi seguito altre volte.

Gatta saltò sul letto e si sistemò al fondo acciambellandosi soddisfatta.

«Ma, cos'è questa novità?» chiese Giuseppe. Giovanni alzò le spalle, e chiudendo la porta finestra, sorrise.

Il cielo era sempre più cupo. Sembrava fosse molto più tardi, ma erano solo le due del pomeriggio. Un grosso fiocco di neve attraversò il suo quadro di osservazione davanti alla finestra. Prese la coperta leggera piegata sulla sedia e ci si avvolse dentro. Appiccicato ai vetri, e piacevolmente riscaldato dalla piccola stufa di ghisa, voleva vedere la nevicata.

I fiocchi si allargavano come una macchia d'inchiostro su un foglio, sempre più copiosi, proprio come quando usavano calamai e pennini. I tetti di fronte in meno di un quarto d'ora erano già tutti bianchi. Le tegole avevano assunto una forma più morbida. I pensieri turbinavano più veloci dei fiocchi di neve.

Gatta apriva sorniona un solo occhio di tanto in tanto, suo fratello russava, l'odore della legna bruciata nella stufa invadeva la stanza. L'odore dei rametti di lavanda aveva intriso il suo

117

maglione. La mamma ne metteva sempre tanti nei cassetti e negli armadi per profumare e tenere lontane le tarme. Aprì la finestra per un attimo: odore di neve, di aria ghiacciata e pungente. Il fumo del camino di fronte, grigio come i pensieri di tutti.

Negli ultimi mesi, gli assalti del nemico si erano fatti più frequenti e feroci. La paura si era impadronita della gente. La pace di momenti come questo aveva sempre una nuvola scura che li inseguiva.

Fascisti e repubblichini passavano e sparavano, ma fino a ora non avevano assaltato la loro casa, come era già successo a molti. Poco prima di partire suo padre li aveva chiamati "italiani venduti", erano dei loro, ma stavano con i tedeschi. La sua pancia brontolava per la fame. Aveva sempre fame.

In quel periodo apparve anche un manifesto sui muri che aveva per argomento la fame. Recitava:

> AGRICOLTORI!
> Non date il Vostro grano a coloro che affamano i nostri fratelli nei campi di concentramento e di lavoro forzato in Germania.

La sera si riusciva sempre a mangiare qualcosa che riempisse per qualche ora, poi dopo cena si andava nelle stalla per preparare materiale per i carri da mandare ai partigiani. Stare in tanti insieme agli animali produceva calore, anche al cuore. Si chiacchierava e qualche volta si cantava. Un pettirosso si posò sulla ringhiera del balcone. Giovanni rimase immobile. Ora che nevicava era più facile vedere gli uccellini. Li osservava anche quando era all'Orco e conosceva il loro canto.

La cincia con il petto giallo, il verdone che si mimetizzava bene, lo scricciolo detto Re Castegna (Re Castagna) così piccolo e indaffarato, i passerotti, le gazze. Il pettirosso volò via lasciando i segni delle sue zampine, subito ricoperti. Il bianco aveva ammorbidito tutta la via.

Un grido. Due soldati tedeschi stavano trascinando via il panettiere. Un brivido gli percorse la schiena. Segni confusi sulla neve rimanevano dopo il loro passaggio. Qualche macchia rossa aveva infranto quella barriera immacolata. L'indomani avrebbe saputo.

Di Duilio quell'inverno arrivarono poche notizie. Gina, alla sera, nella stalla, si lasciava sfuggire poco o niente. Fidarsi di tutti e di nessuno. In solaio, ci saliva raramente e Gatta ormai abitava con loro. Gina andava a lavorare e spesso non tornava, i suoi orari erano irregolari; il suo lavoro di staffetta la impegnava più del lavoro alla manifattura. Giovanni era preoccupato per lei: sotto il cappotto portava una pistola.

Il panettiere non aiutava più nessuno. Aveva avuto troppa paura per l'interrogatorio subito. Era tornato a casa solo con qualche livido. Non volevano credere che aveva ospitato suo cugino, pensavano avesse aiutato un partigiano.
Gli abitanti della via mostravano una finta sottomissione al passaggio del capo di tutti, la paura si leggeva negli occhi, ma appena girava i tacchi gli tramavano contro.
Giovanni era colpito da Gina che confortava le madri, alle volte portando qualche messaggio scritto. La vide confortare nonna Teresa, curva e appoggiata con un braccio al muro, aveva appena scritto qualcosa. Corse da loro.

«Che cosa hai scritto?» chiese Giovanni a nonna Teresa.
«Mi hanno ammazzato il nipote su in montagna, i tedeschi. Gina mi ha portato la lettera che aveva in tasca, mi voleva bene sai...» disse accarezzandogli il viso.

```
TEDESCHI ASSASSINI!
SIA MALEDETTA L'INTERA NAZIONE TEDESCA
A MORTE HITLER E MUSSOLINI
```

Questo aveva scritto sul muro nonna Teresa. «Vai, andiamo via prima che ci veda qualcuno.» suggerì la vecchietta.
Attonito, pensò a quelle dure parole e al nipote, Edoardo, che ricordava appena.

L'inverno lasciò il posto a giornate più miti. A marzo il freddo non era più così insopportabile. Gelava, certo, ma la neve aveva dato una tregua. I calzini finalmente riuscivano a riscaldare i piedi dentro gli zoccoli. La domenica per la messa potevano mettere le scarpe buone, nere di cuoio con la suola di cartone, ma solo se non pioveva, altrimenti ci si bagnava i piedi.
A scuola era veramente dura, frequentata saltuariamente, Giovanni non scriveva bene e spesso veniva sgridato dalla maestra.
Mi ha messo dietro la lavagna inginocchiato sui gusci di noci rotti! Le ho detto che mi spiegasse meglio, ma sembrava che fossi solo più maleducato.

Se i bambini facevano tante domande, spesso le maestre chiedevano di stringere le dita e rivoltare i palmi verso l'alto per bacchettarli con una lunga bacchetta di legno nero.

Perché se voglio imparare non devo chiedere? Perché è colpa nostra se abbiamo imparato solo il dialetto a casa?

Quel giorno tornò a casa con le pive nel sacco. Nella via anche Gina aveva le pive nel sacco. Guardandosi negli occhi capirono che entrambi erano imbronciati.

«Che cos'hai tu?» gli chiese Gina.

«La scuola, la suora mi mette in castigo perché chiedo sempre e non parlo bene l'italiano. Non vuole che chieda due volte, neanche se voglio sapere di più!» spiegò Giovanni.

«Vedi,» disse Gina con pazienza «le suore pensano che la disciplina sia l'unico modo per farvi crescere e imparare, cercano di raddrizzarvi, ma non riconoscono quelli come te, curiosi che per scoprire e sapere fanno tante domande. Non tutte le suore sono come suor Mafalda. Te la ricordi la suora dell'asilo? Vedrai, migliorerà.»

Seguì un sorriso e un lungo silenzio.

«E a te che cos'è successo?» era il turno di Gina, Giovanni voleva sentire i suoi guai.

«Ho ricevuto una lettera da Duilio. Ha nevicato tanto. I tedeschi continuano a cercarli. Si spostano in continuazione. Mangiano pochissimo. Devono trovare una sistemazione migliore.» Gina si interruppe subito.

«E poi?» domandò Giovanni.

«Poi niente. Vai a casa.»

Forse avrebbe visto più spesso Duilio o forse no. Dove sarebbe andato?

Era una mattina del marzo 1944. Nessuna notizia di Duilio. Giovanni e suo fratello stavano attraversando i solai per raggiungere quello del fruttivendolo. Si fermarono per un improvviso trambusto nella via: «Non sono i tedeschi.» disse Giuseppe, non si sentiva urlare con quell'accento spigoloso e secco.

«Affacciamoci dal balcone!» propose Giovanni prendendo posto sulle travi di legno un po' sconnesse. Non si sporsero troppo per non essere visti in un solaio che non era il loro.

In mezzo alla via, due donne, circondate dagli abitanti della via Pal. La prima alta, superava il calzolaio, aveva un vestito a fiorellini verde scuro con un colletto bianco e una giacca di un colore indefinito. Portava due valigie: una marrone di finta pelle e l'altra più piccola di cartone bianca e rossa. Un sacco, forse ricavato da una tovaglia bianca era legato alle spalle e conteneva qualcosa di morbido. I suoi capelli neri raccolti dietro la nuca, avevano strane onde che formavano una strana frangia.

La seconda donna, più bassa e tonda, sembrava essere più anziana. Era vestita di grigio. Aveva un mantello di lana grigio e i suoi capelli erano quasi grigi.

Si assomigliavano. Il viso era simile, come il loro sorriso. Parlavano piemontese, ma era diverso, come quando il fruttivendolo enunciava proverbi. La cadenza non era come quella della maggior parte degli abitanti di Rivarolo, aperta e morbida, osservò Giovanni, che era abituato a sentire suoni diversi: sua madre e suo padre che parlavano mantovano e un piemontese rivisto, la pugliese della via e il fruttivendolo dai proverbi in piemontese raffinato.

«Chi sono quelle due?» chiese incuriosito Giuseppe.

«Ssh, ascolta.» disse Giovanni.

«Le città sono trappole per topi. A Torino c'è la Fiat e la vogliono radere al suolo, ma ci andiamo di mezzo noi, non ce la facevamo più a nasconderci nelle cantine, tanto le bombe ci ammazzano anche lì. I rifugi veri sono pochi e dove abitiamo noi non ce ne sono. Non sai dove scappare quando bombardano. Tutte le case hanno dei danni, se non sono cadute giù e non c'è niente per aggiustarle. Hanno anche portato via i portoni di ferro. Alcuni hanno chiuso il cortile con delle assi.»

«Le sorelle Prella.» disse sottovoce Giuseppe a suo fratello. Ne aveva sentito parlare da sua madre. Avrebbero abitato nel loro stesso cortile. «Sono sfollate.»

«Cosa vuol dire sfollate?» chiese Giovanni.

«Scappano dalla città perché bombardano, così non muoiono.» spiegò Giuseppe sottovoce.

La folla intorno alle sorelle ascoltava le notizie della guerra portate direttamente dalla fonte, da chi aveva vissuto in città. Era vero: le città erano a pezzi. Le case crollate esattamente come le fabbriche. I rifugi insufficienti. I tedeschi e i repubblichini perquisivano, razziavano e poi fucilavano. Si scappava per salvare la pelle e le poche cose che si possedevano. Le sorelle dicevano che dovevano nascondere le loro lenzuola di lino ricamate. A Torino, prima della guerra, ricamavano e vendevano lenzuola. Le preziose pezze grezze dovevano essere salvate.

Per un lungo periodo tutti le aiutarono, ma allo stesso tempo le tennero a debita distanza. Non parteciparono alla vita partigiana sotterranea di via Palestro. I monelli capirono da soli che prima di dare confidenza a un nuovo venuto, bisogna capire se ci si può fidare. Le sorelle Prella, però furono amabili, soprattutto con i monelli. Nonostante avessero poco o niente si seppero far ben volere da tutti. Alla prima occasione nascosero in casa dei partigiani e diedero loro un piatto di minestra. Sulla loro stufa c'era sempre una marmitta con delle verdure in cottura. A tutti quelli che passavano di lì non era mai negato un piatto di minestra. Anche Giovanni e Giuseppe mangiarono quella minestra: sapeva di verdure, anche quando gli altri avevano solo acqua bollita. Dove riuscissero a racimolare tutte quelle verdure nessuno lo sapeva, ma ci riuscivano e aiutavano tutti.

Quando Evelina lavorava, spesso Giovanni si infilava nella cucina delle Prella. Amava stare davanti alla stufa con quella marmitta di terracotta annerita dal fuoco e sempre fumante. La loro minestra spesso aveva anche il sale. I partigiani che passavano di lì, in cambio dell'ospitalità talvolta portavano un sacchetto di caffè vero, un po' di zucchero o di sale che le sorelle dividevano con gli altri del cortile. Le sorelle nascondevano il sale in un sacchettino sotto una piastrella vicina al forno. Avevano paura che i tedeschi trovassero il sale. Avere il sale significava una sola cosa: aiutare i partigiani.

La minestra delle sorelle Prella divenne famosa, non solo nella via Pal: tutti quelli che arrivavano giù dalla montagna conoscevano la minestra e sapevano dove andare a mangiarla. Fu il loro contributo alla Resistenza e agli abitanti della via che le avevano accolte.

Giovanni, spesso, si compiaceva sorridente con le sorelle: la minestra così famosa, era completamente sconosciuta da Hesse. Furono molte le parodie che le sorelle inscenavano per i monelli impersonando Hesse impegnato nell'assaggio della minestra. Strappavano risate sincere ai ragazzini con le loro buffe rappresentazioni e con le storie che raccontavano.

Giovanni era pure un po' invidioso della notorietà delle sorelle, anzi era più infastidito dal fatto che il mantovano, il loro papà, non era amato da tutti perché era andato a lavorare per i tedeschi. Alla resa dei conti però, era tollerato perché la mamma aiutava tutti. Molti non avevano avuto scelta, la strada intrapresa era stata obbligata e questo Giovanni e suo fratello lo avevano capito bene. Scappare in montagna e fare il partigiano, lavorare per i tedeschi o rimanere e rischiare di venire ammazzato o deportato.

La fame, quella vera, fece apparire su un muro della piazza una grande scritta, ben visibile in un corsivo curato. Sembrava la scrittura di un maestro, ma era più probabile l'avesse scritta una mamma. La scritta letta da tutti i monelli incontrò l'approvazione.

GRASSI TEDESCHI – VOI VI RIEMPITE LA PANCIA
E I NOSTRI BAMBINI DEVONO PATIRE LA FAME

Gatta! Meno male che a Rivarolo non succede. A Torino si mangiano i gatti, l'hanno detto le sorelle Prella.
Fu il primo e più urgente pensiero di Giovanni dopo aver letto la scritta e ascoltato i commenti. Doveva proteggere la gatta che era tornata sui solai.
Giovanni proprio non capiva come ci si potesse odiare fra gente di altri posti, anche se con i tedeschi gli riusciva facile. Non li sopportava e odiava la guerra. Adesso si era aggiunta la preoccupazione di chi si mangia qualsiasi cosa commestibile, pure i gatti. Aveva sentito dire che alcuni prendevano le talpe, gli scoiattoli e i merli e se li mangiavano, ma i gatti no.

Mangiare gatti?

Si sentiva confuso. Per la prima volta si sentiva inerme di fronte alla fame e alla guerra, ma questo sembrava succedesse anche ai

125

grandi. Meglio scacciare questi pensieri. Sarebbe andato nel solaio del fruttivendolo con suo fratello. Coccole alla gatta, mela da mangiare e ricerca del "nascondiglio nascosto" di Gina e Duilio. Meglio cercare di divertirsi.

«Anche questa volta niente!» disse Giovanni sospirando al fratello. «Questo nascondiglio proprio non vuole saltare fuori!»

Diventò una sfida. Volevano a tutti i costi scoprire il nascondiglio e sapere cosa c'era dentro. Non riuscivano più a intercettare Gina quando saliva sui tetti per spiarla. I loro rastrellamenti in solaio divennero frequenti quanto quelli dei tedeschi sulle montagne.

Dopo un mese, all'inizio di aprile tutto questo applicarsi diede frutti. Quella pietra muraria era sempre stata là, sotto i loro occhi, proprio nell'angolo dove erano seduti quella famosa volta Gina e Duilio. Non avrebbero mai pensato che quella pietra così uguale alle altre, si spostasse. Solo per disperazione avevano tastato le pareti palmo a palmo.

«Guarda Giovanni! Si muove!» disse Giuseppe al fratello.
«Cosa si muove?»
«La pietra, questa pietra,» indicò con l'indice puntato una pietra senza calcinacci intorno «come abbiamo fatto a non notarla?»
«Proviamo a tirarla.»

La pietra si sfilò. via senza il minimo attrito. Solo un occhio attento e da molto vicino, avrebbe potuto notare la differenza. C'era un buco abbastanza profondo, dove entrava tutto un braccio. Sul fondo c'era qualcosa di metallico: la scatola dei biscotti Venchi Unica dove Gina teneva le cartoline.
Quella scatola la conoscevano perché Gina una volta gli aveva fatto vedere le cartoline del mare, di Natale e di Pasqua.
«La scatola di Gina,» ricordò stupito Giuseppe «ha nascosto qui le cartoline?»
Con gli occhi al cielo e con un sospiro, Giovanni replicò: «Ma no, apri e vedrai che ci sta la roba di Duilio.»
«Apri tu.»
Il coperchio sforzò un po', era leggermente arrugginito in alcuni punti. Giovanni appoggiò la scatola alla sua pancia come per far leva e tirò con più forza un angolo del coperchio.

127

Una serie di fogli di diverse dimensioni e tutti di origine diversa (alcuni a quadretti, altri a righe, altri bianchi, alcuni macchiati o umidi) erano tenuti insieme da una piccola pinza da bucato, di legno ingrigito. Forse una decina di fogli in tutto.

«Il primo foglio. Questo è il diario di Duilio!» sussurrò Giovanni al fratello.

Entrambi si abbassarono con il prezioso contenuto in mano. Incrociarono le gambe e iniziarono a leggere, talvolta con fatica, il loro italiano non era quello di Duilio ed era difficile decifrare la sua calligrafia. Questa scrittura non era così ordinata come quella vista più volte all'Orco quando lui e Gina scrivevano insieme e raccontavano loro mille storie, questa era diversa, sembrava tutto scritto in fretta, di nascosto, mentre fuggiva dal nemico.

DAL DIARIO DI VENTO – Primo foglio
15 ottobre 1943

Siamo in tanti scappati su per le montagne. Dopo l'incontro con Saetta abbiamo unito le nostre due squadre e abbiamo formato la squadra Vento.
Squadra Vento – io e Saetta referenti principali basso Canavese e valle dell'Orco
Ad oggi 15 persone + altre 29 in arrivo
Squadra Ferrando in val di Lanzo – referenti Voulpòt (il furbo)
Sono circa 30
Squadra Bibi in val Soana
40 persone
Banda Tellaria a Pont
10 persone
Siamo tutti anarchici – agnostici – badogliani – filo monarchici, ci sono anche dei russi e dei polacchi con noi, un francese, siamo tutti insieme: il nostro problema è non cadere nelle grinfie dei tedeschi.

30 ottobre 1943 - Secondo foglio

Da noi nessuna perdita, ma nella banda Bibi in val Soana due sono stati beccati dai tedeschi. Stanno finendo le scorte che abbiamo recuperato dai magazzini dell'esercito, faremo delle requisizioni in natura e daremo dei buoni così alla fine della guerra restituiremo tutto.
Contattati i proprietari delle industrie Costa e Gribaldi di Rivarolo ci hanno dato Lire 1500 per sostenere la causa. Non teniamo un registro dei buoni di requisizione, li conservano i proprietari.

«Guarda te cosa è successo,» disse rosso in viso Giuseppe «Duilio è un pezzo grosso e se Gina ci becca ci ammazza!» aggiunse.
«Nessuno deve sapere quello che abbiamo trovato, Gina direbbe che è pericoloso.» disse Giovanni con più freddezza, ma anche lui era rosso e sudato.
Giuseppe ormai era spaventatissimo. «Qui ci fanno fuori tutti.»
 «No! Io voglio continuare a leggere, poi basta che rimettiamo tutto a posto e basta che stiamo attenti, anche se non riusciamo a capire tutto. Duilio scrive proprio difficile!» disse Giovanni.
Giuseppe andava su e giù per il solaio come un gatto in gabbia, annuì «Sì, anch'io voglio sapere cosa è successo poi, ma mi fanno paura sti agnostici o badola[3], quelli lì, come li chiama Duilio.»

Stavano superando lo spavento e la curiosità prendeva il sopravvento. Fare cose proibite era la loro specialità.

[3] in piemontese – stupido

10 novembre 1943 - Terzo foglio

Incontro dei capi Vento e Saetta con Ferrando "il Conte". Nasce una squadra decisa ed efficiente: sarà la VI Divisione Alpina "Giustizia e Libertà".
Attività della VI: agguati (appostati lungo stradoni o dall'autostrada, aspettiamo camion tedeschi) contro i tedeschi. Obiettivi: soprattutto le staffette isolate, le macchine e i piccoli convogli.
Requisire e smistare viveri e vestiario.
Regolare l'attività dei carri di rifornimento da parte dei civili.
Pensare che ci potranno essere delle spie. Piano per individuarle.
Farina requisita dal mulino di Feletto - kg 230, lasciato buono.
Sono contento di lavorare con "il Conte", ha indubbie doti organizzative e capacità che ci porteranno fino in fondo, senza cedimenti e compromessi nella lotta di liberazione.

Lettera del "Conte" a Vento - 1 dicembre 1943

Caro Vento,
non mi sarà possibile vederti per un po', ma volevo comunicarti la mia stima per la meravigliosa attività che stiamo facendo insieme.
La tua personalità cristallina convince tutti a superare le avversità e attira energie come una calamita. Hai doti innate anche per gestire i delicati rapporti con la popolazione civile. Stai ottenendo buoni risultati e ci aiutano tutti, continuiamo su questa strada.
Ne parleremo meglio alla prossima riunione del Comitato.

Rifletti se sarà il caso di darci una gerarchia e un ordine più militare, forse no, noi non siamo soldati, ma un po' più di disciplina ci potrebbe aiutare.
Dovremo parlare anche dei messaggi da distribuire, l'aiuto delle staffette donne sarà indispensabile. Sto pensando di scrivere alcuni comunicati pungenti da attaccare ai muri, ma prima di farlo vorrei parlarne con te e Saetta.
Molti rallegramenti per le azioni compiute, una forte stretta di mano e un incoraggiamento a continuare così.
Vostro Conte
P.S. Abbiamo ripulito Cuorgnè da quattro spie – ti dirò a voce chi sono. Abbiamo stabilito che alcuni di noi seguano i sospettati e alla certezza li prelevino con discrezione per interrogarli. Il loro destino dipende dalla loro pericolosità.

15 dicembre 1943 – Ventiduesimo foglio

Stiamo nascosti, pochi contatti con le famiglie.
Cambio di abitudini. Cambio di rotta. La carta non è mai sicura.
Forse è meglio scrivere quando tutto sarà finito se portiamo a casa la pelle.

Ha smesso di scrivere. Sollevando i fogli, Giovanni guardava in modo interrogativo il fratello.

«Il resto sono solo lettere di Duilio a Gina, avrà cambiato subito nascondiglio.»
«Forse ha capito che noi cercavamo!» ipotizzò Giuseppe.
«No, non sanno di noi, sembra che poi non abbia più portato niente o forse Gina ha nascosto il resto meglio.»
«Accidenti! Dopo tutto questo sforzo. Cosa dicono le lettere?»

«Non mi sembra giusto che leggiamo le lettere di Duilio a Gina, sono cose solo loro.»

L'atteggiamento di Giuseppe mutò immediatamente, assunse un'espressione ebete, mimando baci e abbracciandosi da solo.

«Sìììì, sono cose loro, baci e abbracci, roba sdolcinata.»

Non cambia mai.

«Va beh, ogni tanto ci guarderemo ancora dentro il nascondiglio, caso mai ci mettessero qualcosa di nuovo, che ne dici?»

Ma Giuseppe era sempre preso nella sua recitazione molto sentita di baci e abbracci, mentre lui stava rimettendo a posto tutto come lo avevano trovato.

«Giuseppeee?» urlò.

«Ehm? Sì, sì, va bene.»

Stava già prendendo la via del ritorno.

«Dai, torna qui che giochiamo a partigiani e spie!» sbraitò richiamando il fratello.

«Va bene torno, però io faccio la spia!»

Nonostante il proposito di continuare a sorvegliare il nascondiglio, per un certo periodo non se la sentirono di andare a controllare. Anche le notizie che leggevano sui muri erano sempre più preoccupanti. Prima di passare all'azione con una delle loro bricconate, decisero che dovevano stare più attenti.

Sul muro della casa del fruttivendolo:

ATTENZIONE!
Il Comando Germanico comunica che si offrono i seguenti **PREMI**:

fino a Lire 5.000 e Kg 5 di sale

a chi segnala al Comando Germanico di Rivarolo
il luogo di un possibile rifornimento aereo o
l'identità di un ribelle partigiano.

fino a Lire 10.000 e Kg 7 di sale
a chi segnala la posizione di un deposito di
armi dei ribelli partigiani o un loro rifugio.

Le persone che ci daranno informazioni utili
saranno protette e non verrà a conoscenza
della comunità la loro collaborazione.

Aprile 1944
Comando Germanico di Rivarolo
Il Comandante delle truppe germaniche

APRILE **1944** · LE TRE NOVITÀ

Durante quel mese di aprile furono tre le novità: il ritorno di Attilio e la nuova base di Duilio, più vicina di quanto avesse mai immaginato. Queste due erano belle notizie.
La terza, quella brutta, lo aveva spaventato in particolar modo: tedeschi e repubblichini perquisirono la loro casa e tutte le case della via. Era la prima volta.

Il ritorno di Attilio fu improvviso. Entrò in cucina mentre stavano cenando. La cena quella sera era ricca. Quattro patate, due carote e un pezzo di toma. E c'era anche una grossa pagnotta di pane nero regalata dalle Prella.
Non era dimagrito, ma sul suo volto si leggevano tutta la stanchezza e la paura possibili. Su quel volto segnato si spiegò un grande sorriso e allargò le braccia per riceverli.
La valigia, non era più quella con cui era partito. Era un'altra, più grande, marrone e sempre di cartone.
Invece di battergli una pacca sulla spalla, come al solito, Attilio carezzò i figli sulla testa e diede loro un grosso bacio sulla guancia. Li abbracciò anche forte e fece lo stesso dopo con la moglie.
«Ho avuto paura di non rivedervi.» disse.
«Siediti e mangia.» si affrettò a dire Evelina.

Lui invece aprì la valigia. Insieme ai vestiti, gli stessi di quando era partito, c'erano un giornale tedesco, delle patate (comprate a Torino disse), del tabacco e una grossa forma di pane bianco.
Papà sembrava più loquace del solito. Raccontò alcune cose di quando era a Brema. Forse doveva liberarsi della paura provata. Qui si sentiva più al sicuro.

Raccontò degli orari massacranti in fabbrica e di come fosse rispettato dal suo capo squadra tedesco. Delle corse nei rifugi anti-aerei sotterranei. Erano lunghe camere sottoterra con la volta a botte. Tutti seduti sulle panche. Alcuni rifugi erano pure senza luce. Non sapeva se era peggio sentire le vibrazioni delle grosse bombe che si frantumavano in superficie e rimbombavano nel petto o guardarsi gli uni gli altri, occhi atterriti su visi stravolti. Gli era rimasta impressa una donna tedesca che pregava.

All'uscita dal rifugio non riconoscevano più nulla. Quando i tremori erano terminati si ritornava in superficie. Tutti gli edifici erano rasi al suolo. Cumuli di macerie ovunque. Era difficile orientarsi.

Poi parlò dei Blohmer. Un rapporto di reciproco rispetto. Anche in questo era stato più fortunato di altri. Loro non erano tedeschi cattivi come gli altri. Erano gente come noi.

Non parlò degli aerei e questo dispiacque a Giuseppe, ma ci sarebbero state altre occasioni. Poi furono mandati a dormire dalla mamma. Lei quella sera, come tutte le settimane doveva andare nella stalla a lavorare per preparare il carro, ma era tornato Attilio e lui non ne sapeva nulla.

Giovanni vide quell'invito ad andare a dormire prima del solito, come l'urgenza per sua mamma di mettere al corrente il marito della sua attività di aiuto alla Resistenza. Papà poi voleva ascoltare se Radio Londra diceva qualcosa. Prima però chiese subito alla mamma se aveva cambiato i marchi tedeschi che gli aveva inviato. Lei gli raccontò che aveva temuto per la loro incolumità così li aveva messi da parte con le lettere. Temeva una sgridata di Attilio, si intuiva dallo sguardo. Lui invece fu comprensivo e disse che sarebbe andato lui a cambiarli in banca.

135

Se avessero fatto storie sarebbe andato dove stavano i tedeschi adesso a Rivarolo per ottenere aiuto con la banca. Dopo tutto aveva lavorato per loro. Evelina ora era veramente spaventata.

In solaio alla fine di aprile, Giovanni trovò una nota di Duilio per Gina e un'altra lettera. Lesse tutto, tanto non lo avrebbe mai saputo nessuno.

4 marzo 1944 – Nota per Tempesta

Tempesta mi ha indicato finalmente un luogo sicuro in pianura. Nei prossimi giorni farò un sopralluogo. Finalmente vedrò di più Tempesta, se va tutto come deve, ma dovremo fare ancora più attenzione, i rischi sono sempre tanti. Questo luogo sembra ideale, in bocca al nemico, ma completamente ignorato. Mi consulterò poi con Saetta e il Conte. Consegna questa lettera alla cugina dell'infermiera del dottore – suo figlio è caduto valorosamente.

Mia cara mamma,
è la mia ultima lettera. L'ho messa in tasca, chi mi raccoglierà dopo la troverà e farà in modo di fartela avere. Molto presto sarò fucilato. Ho combattuto per la liberazione del mio paese e per la libertà di tutti. Muoio tranquillo, non ho paura della morte.
Il mio abbraccio a te e a mia sorella Stella, saluta la mia fidanzata Bianca. Addio
Giacomo

La seconda novità, la più grossa per Giovanni fu la scoperta della nuova base di Duilio e avvenne un po' per caso e un po' grazie alla sua curiosità. Anche se ormai aveva rinunciato a capire gli spostamenti di Gina, se la incrociava non la perdeva di vista. Una di quelle sbirciatine lo fece riflettere: Gina era più presente, non stava via giorni interi ed era anche più sorridente, ma soprattutto aveva cambiato direzione. Inforcava la bicicletta per andare a Cuorgnè solo per lavoro, mentre aveva preso a pedalare verso la stazione e usciva dal paese, proprio dalla parte opposta.

Cosa sta combinando Gina? Dove sta andando?
Doveva seguirla.

Voleva parlarne con suo fratello, ma l'istinto gli suggerì di tacere. Una decina di giorni più tardi aveva capito gli orari di Gina, ma attese ancora cinque giorni. Il giorno numero sei, tutta la banda voleva andare al fiume, lui invece disse di voler andare sul solaio. Suo fratello era stupito, nessuno rinunciava mai al fiume.
Doveva filarsela in fretta e senza incrociare il papà. Sapeva che stava cercando lavoro e si spingeva anche nei paesi vicini, quindi Giovanni godeva di una certa libertà di movimento, ma non voleva trovarsi a dover rispondere alla domanda «Dove stai andando?»

Gli inseguimenti di Gina in bicicletta erano ardui, lei era molto più veloce dei suoi piedi, ma il percorso era più o meno sempre lo stesso. O passava al fondo del paese per poi piegare verso la frazione di Pasquaro, o passava davanti al comando tedesco per poi uscire dal paese costeggiando le case in direzione di Favria. Era lì che generalmente la perdeva. I suoi polmoni scoppiavano e le gambe non ce la facevano più a correrle dietro di nascosto. Stava diventando matto, quello di Gina sembrava un girovagare casuale.

Finalmente dopo qualche giorno anche gli spostamenti di suo padre erano definiti: andava regolarmente a lavorare a Ozegna. Il paese al di là dell'Orco era vicino e Attilio lo raggiungeva a piedi, partiva la mattina presto e rincasava la sera. Talvolta veniva a mangiare a casa o arrivava prima del previsto nel pomeriggio. Non aveva ben chiaro che lavoro facesse, ne aveva sempre fatti tanti e in posti diversi, ma aveva comunque una certa libertà di movimento. Al massimo se arrivava prima e loro rincasavano dopo, si prendevano dei lazzaroni e venivano spediti in camera e chiusi a chiave. La maggior parte dei problemi era causata dal fatto che spesso non apparecchiavano tavola.

Giovanni si mise d'impegno e dopo aver perso alcune volte Gina sempre nello stesso punto, decise di anticiparla. I suoi spostamenti erano abbastanza regolari. Era passata più di frequente davanti al comando tedesco, Giovanni pensò che era meglio aspettarla al bivio in fondo al paese in direzione Sant'Anna. Avrebbe potuto seguirla oltre e sapere la successiva meta.

Anche quest'impresa gli costò un paio di pomeriggi al fiume. I suoi appostamenti non diedero frutti, poi al terzo tentativo, appollaiato sui rami dell'unico albero esistente nella biforcazione tra Sant'Anna e Pasquaro, vide Gina. Stava pedalando pigra, sembrava in giro a passeggio, passò sotto di lui e prese in direzione di Sant'Anna. Appena possibile Giovanni saltò giù dal ramo e iniziò a correre sperando di non perderla. In questo tratto l'inseguimento era più allo scoperto: da un lato della strada c'era la roggia che scorreva abbastanza veloce e dall'altro i campi senza alberi, coltivazioni o erba insufficienti a nasconderlo.

Anche qui si perse Gina più volte in diversi punti e per capire dove andava adottò di nuovo la tecnica dell'anticipo, aspettandola un po' più avanti del punto in cui l'aveva persa.

Una volta sdraiato tra l'erba e un'altra nascosto dietro un pilone votivo, con pazienza e alcune sgridate del papà per le sue sparizioni, dopo alcuni giorni riuscì nel suo intento.

Anche suo fratello lo sottopose a interrogatorio: «Si può sapere perché non vieni più al fiume? Cos'hai di meglio da fare?»

«Ma no, è che vado in giro qua e là per Rivarolo, per i prati, curioso qua e là.» disse con noncuranza Giovanni cercando di non sembrare colpevole.

«Guarda che ti tengo d'occhio e cerca di essere a casa per apparecchiare la tavola, altrimenti lo sai cosa succede. Ma dove vai? Nel solaio? Magari una volta ci vengo anch'io invece di andare al fiume.»

«Va bene, quando vuoi.» concluse Giovanni avvicinandosi alla porta della cucina per fuggire dalle domande.

Era su un terreno scivoloso. Suo padre sperava che non finisse nei guai incontrando tedeschi o che non procurasse danni da pagare e suo fratello non si era completamente bevuto quella storia, ma la versione raccontata sembrava reggere ed era intenzionato a portarla avanti il più a lungo possibile.

Un pomeriggio, dietro a una curva, la bicicletta di Gina sparì. Ormai era uscito da Sant'Anna ed era arrivato appena prima della frazione Argentera: in quel punto c'era solo una cascina isolata e abbandonata.

L'edificio era un tipico cascinale canavesano: un grande quadrato con l'aia centrale. Guardava finestre chiuse da imposte sconnesse e scolorite dal sole, un grande portone di legno, anch'esso sbiadito, sotto un grande arco e sopra la scritta con il nome della cascina: "La russa – 1872", che poi rossa non era. Parte di quella costruzione, erano portici sotto i quali si stipava il fieno o si batteva il grano. Da un buco nel muro si vedeva un rastrello e un mucchio di fieno ormai grigio, non ci abitava più nessuno.

Facendo il giro dell'edificio dall'esterno, riuscì a capire dove si trovavano le stalle, le finestre con le inferriate più piccole lo lasciavano intuire. Aggrappandosi alle sbarre, fece forza per tirarsi su e guardare all'interno: volte tonde e basse e mangiatoie ancora piene di fieno, corridoi con rigagnoli che trasportano fuori i liquidi delle mucche, ormai secchi. All'esterno si intravedeva ancora il luogo adibito al deposito del letame, ora c'era solo una grossa macchia scura dove tutto era stato bruciato dall'acidità. L'altro lato non aveva finestre e non era interessante per l'esplorazione.

Guarda sotto il tetto che bel disegno hanno i mattoni, sembrano le casette delle api.

Questa sua esplorazione, così interessante, gli aveva fatto dimenticare Gina. Dall'interno non provenivano suoni, niente voci o versi di animali, solo lo sbattere regolare di una porta. Gli era venuta la voglia di entrare per vedere com'era il cortile e dov'erano le stanze dove una volta abitavano i contadini, con la speranza di trovarci chissà quali tesori. Il lato avventuroso che aveva assunto quell'esplorazione lo soddisfaceva molto, ma al tempo stesso era solo e aveva anche un po' di paura. Senza contare l'imbarazzo di mettere il naso in cose appartenute ad altri. Indeciso sul da farsi, osservava i gladioli che iniziavano a spuntare soli e senza cura, vicino al muro. Il portone aveva una porticina più piccola al centro che permetteva l'ingresso a piedi.

140

Solo una spintarella. Solo una sbirciatina senza entrare, giusto per vedere come è fatta la cascina dentro.

Dopo aver indugiato ancora, consapevole di non poter tornare indietro una volta aperta la porta, spinse con timore e lentezza.

Fu colpito subito da un particolare: il manubrio della bicicletta nera di Gina spuntava da dietro un pilone del porticato.

La cascina non era disabitata, o almeno non era abitata da contadini, forse c'era Gina e anche Duilio, ma non c'era movimento, non sentiva voci. Forse Gina aveva solo nascosto la bicicletta poi era andata a piedi da qualche altra parte.

Di fronte a lui le abitazioni. Sembravano deserte. Sul balcone di legno una zanzariera sgangherata sbatteva, era quella la porta che aveva sentito. Da una finestra con i vetri rotti, uscivano svolazzando delle tendine bianche ormai grigie. Tutto diventava grigio se non era curato, tutto si sbiadiva. I muri della casa erano di un azzurrino che ricordava il verderame, infatti, una vite in cattive condizioni si arrampicava su per il balcone, memore di tempi migliori.

Decise di attraversare il cortile e andare verso la casa, non sapeva bene se passare al centro o costeggiare i muri, per sentirsi più protetto. Aveva fifa. Spettri invadevano la sua fantasia e lo sbattere di quella zanzariera certo non migliorava la situazione.

Decise di percorrere la prima metà della distanza che lo separava dalla casa vicino al porticato e la seconda in mezzo al cortile. Quando fu a metà strada sentì un fruscio provenire dall'alto, ma non ebbe il tempo di capire. Un ragazzo magrissimo in vestiti più consunti dei suoi, era in piedi nel fienile e con fucile alla mano gli disse «Fermo lì, cosa stai facendo? Perché sei qui?»

141

Giovanni inebetito e impaurito non riuscì a rispondere ma alzò le mani in segno di resa.

Dalla casa uscirono Duilio, altri due e Gina.

Duilio esterrefatto esclamò: «Giovanni che ci fai qui?»

«Mi ha seguito.» replicò Gina.

Ora era nei guai. Guai grossi. Non aveva mai avuto paura di Gina e Duilio così tanto prima di allora. Stranamente non si arrabbiarono, ma lo tempestarono di domande.

«Ti ha seguito qualcuno? Sei solo? Chi altro sa che sei venuto qui? Come sei arrivato qui? Potresti averci messo tutti in pericolo, tu compreso.» Duilio stava moderando la voce, ma era come se stesse urlando. Conosceva il suo tono severo quando era arrabbiatissimo. Lo aveva spaventato a sufficienza, non riusciva a sostenere lo sguardo di nessuno, guardava in terra aspettando il peggio.

Duilio lo prese per mano e lo condusse nella cucina della cascina. Un tavolo, cinque sedie una diversa dall'altra, una credenza e una stufa bucata da un lato. In terra vicino alla finestra, fucili, bombe a mano, corde e una cassetta di mele.

Con la saggezza che aveva sempre caratterizzato Duilio, gli venne spiegata la situazione.

Non avrebbe mai più dovuto tornare in quella cascina, era un posto pericoloso. Era la base perfetta situata proprio sotto il naso del nemico, potevano colpire i tedeschi in modo tempestivo da quell'edificio situato tra le due direttrici principali che portavano a Torino. I tedeschi diventavano matti a cercarli, ma non li trovavano mai.

Giovanni, proprio in quel momento ricordò una dimostrazione di forza da parte di Hesse sulla pubblica piazza, la settimana precedente. Aveva messo in fila gli uomini del paese rimasti, tranne suo padre che era a lavorare e aveva insistentemente

142

chiesto dove si trovavano i partigiani. Voleva che quegli uomini, compresi due ragazzi di soli 13 anni, rivelassero la posizione di un rifugio di ribelli, pena la fucilazione.

Hesse non aveva ottenuto niente e stranamente non aveva punito nessuno.

Giovanni stava capendo perché quel luogo doveva rimanere segreto, anche se era confuso rispetto agli avvenimenti della guerra. Bombardamenti, per fortuna abbastanza lontani da Rivarolo, perquisizioni e scorribande dei tedeschi alla ricerca dei partigiani e dei partigiani alla ricerca dei tedeschi.

Fu ricondotto a casa da Gina, seduto sul tubo della bicicletta, in silenzio. Sperava di non incontrare tedeschi lungo la strada, sarebbe stato difficile spiegare la situazione, ma forse Gina sarebbe riuscita a convincerli che stavano solo andando in giro Gina fece scendere Giovanni in una via laterale vicino alla piazza. Evitò accuratamente di passare nelle vie principali e soprattutto di fronte alle scuole dove erano asserragliati i tedeschi. Lasciandolo lì, evitò anche di consegnarlo direttamente nelle grinfie di suo papà, se era già a casa, con lui non l'avrebbe passata liscia. Avrebbe dovuto spiegare perché Gina lo aveva riportato a casa sul tubo della bicicletta e le avrebbe prese, tante e sonore. Era grato a Gina di quella premura, scese dalla bicicletta salutandola con un timido sguardo, ma lei era troppo infuriata per sorridergli, probabilmente con quell'accorgimento oltre che lui, proteggeva se stessa.

In via Palestro realizzò che era ancora presto. Suo padre non era ancora tornato. Raggiunse gli amici all'Orco e pensò anche che era meglio continuare a tacere a suo fratello tutta la faccenda.

Una cosa era certa, non avrebbe più cercato di raggiungere Duilio o di seguire Gina.

Vide spesso Gina che partiva in bicicletta con i pacchi contenenti gli abiti confezionati, mimetizzate nel sottofondo del cesto della bicicletta, a sua volta pieno di fiori e verdura, diretta alla cascina abbandonata. Conosceva il cesto della bicicletta, era stato realizzato dal calzolaio e messo a punto proprio da lui e Gina una sera nella stalla, mentre le mamme cucivano e facevano a maglia.

A fine aprile la suora aveva convocato Attilio: i risultati dei figli nello studio non erano brillanti e i compiti a casa eseguiti male, non avevano quaderni ordinati e spesso non si presentavano a scuola. Era vero. Appena iniziava a far caldo, nascondevano la cartella nel solito posto tra gli alberi di fronte al castello Malgrà, la coprivano di foglie e andavano a divertirsi.

La sgridata fu solenne. «Lazarun» gridava Attilio, tirava potenti scappellotti sulle loro teste con mani dure come il cuoio. Poi venivano rinchiusi in camera, ma evadevano subito dopo essere rimasti soli.

Attilio non s'interessata all'attività di "calzetta", così la chiamava lui, che Evelina portava avanti nelle stalle con le altre donne. I monelli erano ben accetti nella stalla la sera, tutti insieme prolungavano il divertimento della giornata, ma allo stesso tempo erano una buona copertura per le donne.

Le mamme erano sempre distrutte dal lavoro alla sera, non avevano quasi la forza di tenere gli occhi aperti, ma in quella poca luce, cucivano in continuazione.

Quella settimana il carico sembrava essere molto importante. Vi era un'animazione maggiore, lavoravano più svelte. Nell'aria aleggiava qualcosa di strano.

Entrarono nella stalla il padre di Manuia, un papà, fatto unico quanto raro, e un altro uomo. Il padre di Manuia chiese ai bambini «Fra poco vi dirò di andare a giocare in cima alla strada in due o tre senza fare troppo chiasso. Un altro di voi si mette a metà via e un altro qui, fuori dal portone. Se vedete tedeschi passate parola e avvisateci. Ora spostatevi da quell'angolo.»

Con grande sorpresa, la mangiatoia in quell'angolo venne sollevata e sotto la paglia c'era un buco dal quale uscirono le ultime batterie per le pile, ormai introvabili, le suole per gli scarponi fatte dal calzolaio, le calze di lana di pecora fatte a maglia da sua mamma e una piccola damigiana che conteneva benzina anziché vino, c'era anche un sacco di sale, ma quello rimase nascosto.

Giovanni tirò fuori dalle sue tasche quattro sigarette confezionate con carta di giornale e i mozziconi trovati in terra e diede tutto al papà di Manuia.

Gli uomini commentavano e controllavano le ultime cose prima di far partire il carro. Era più difficile farlo arrivare al nuovo nascondiglio di Duilio, avrebbero dovuto fare un giro lungo. Dalla buca uscirono anche le vecchie pezze per fasciare le ruote del carro, come tutte le volte, per non far rumore.

Giovanni e gli altri bambini ascoltavano i loro discorsi mentre Gina si stava mettendo a tracolla un fucile e lo nascondeva sotto il maglione e sopra il maglione si era anche infilata due giacche.

Vento aveva scelto Argentera. La frazione più appartata nella bassa di Rivarolo. Posizionata tra Feletto, Bosconero e Lombardore, una base strategicamente perfetta, lontana dalle strade importanti incuneata fra i grossi percorsi battuti dal nemico: la Cuorgnè-Castellamonte-Ivrea e la Cuorgnè-Rivarolo-Torino. Gli uomini lodavano l'astuzia e la fine strategia del loro compaesano e parlavano in modo vago del nuovo posto dei partigiani.

Giovanni nella sua incursione non aveva visto automezzi, ma adesso si spiegava come mai le due famose moto partigiane e il furgone apparivano dal nulla di tanto in tanto. Il papà di Manuia e quell'altro non avevano fatto apertamente riferimento alla nuova base di Duilio nei loro discorsi, ma era chiaro che si riferivano alla cascina abbandonata che lui aveva visto, dove era sorto l'accampamento partigiano, con tutto il suo piccolo arsenale di armi e munizioni.

«Vivere mimetizzati nel cuore del nemico è un'impresa,» diceva compiaciuto il papà di Manuia all'altro «ma Vento ci sa fare, sta rendendo la vita impossibile ai tedeschi. Attento alla benzina, dobbiamo rovesciarla nei fusti sul carro. Vento ha deciso di sotterrare i fusti da 100 litri nella nuova base.»
Il papà di Manuia lo aveva chiamato Vento e non Duilio. Lì dentro, non tutti allora, sapevano chi era Vento. Lo sconosciuto intanto replicava che bisognava selezionare in modo spietato i collaboratori tra la popolazione. Il papà di Manuia li mandò fuori, operazione controllo, via di corsa, in postazione come richiesto, adesso erano anche loro dei partigiani.
Il materiale doveva uscire dalla stalla per essere portato al carro, continuava la loro opera nascosta di sussistenza dei reparti partigiani, come aveva detto lo sconosciuto.

In risposta ai tanti attacchi partigiani ai danni dei tedeschi, all'inizio di maggio, arrivò la terza novità. I tedeschi iniziarono a perquisire tutte le case del paese, a tappeto. Cercavano partigiani. I tedeschi parevano stufi di essere presi per il naso: i partigiani sembravano essere ovunque e da nessuna parte. Le sparatorie scoppiavano improvvise e muri e vetri infranti ne portavano i segni.

Spesso per le vie del paese, dovevano cercare riparo, alla svelta, in casa, nei cortili o semplicemente allontanarsi dalle finestre e rannicchiarsi nell'angolo meno esposto della casa. Spesso sul terreno rimaneva qualche tedesco ferito. Solo una volta videro un partigiano catturato e uno morto. Solo l'Orco era relativamente sicuro.

Sui muri comparve un avviso dettagliato.

COMANDO GENDARMERIA GERMANICA DI RIVAROLO
AVVISO
A partire dalle ore 7 del 15 maggio 1944 vanno in vigore i seguenti ordini:
CONSEGNA DELLE ARMI
Tutte le armi (compresi i fucili da caccia), le munizioni e gli oggetti di equipaggiamento delle forze armate devono essere consegnate al Comando Germanico di Rivarolo
SARANNO FUCILATI
Coloro che oppongono resistenza
Coloro che faranno sabotaggio
Coloro che saranno trovati in possesso di armi o munizioni
VERRANNO INCENDIATE
Le case in cui verranno trovate armi e munizioni
Le case di coloro che aiutano i ribelli fornendo alloggio o viveri o vestiario
Il Comandante Hesse

L'avviso era firmato da lui in persona, doveva essere proprio arrabbiato.

Attilio fu categorico: «Ascoltatemi bene: avete visto cosa è successo. Qui sparano. Dopo la scuola dovete tornare subito a casa, niente più Orco. Entro le quattro del pomeriggio dovete essere a casa. Se andate in giro di nascosto, non dovete perdere di vista il campanile della chiesa, dovete guardare l'orologio. E se non obbedite userò la cinghia. Capito?»

Un paio di volte si portarono dietro l'orologio della cucina, ma per paura di romperlo, lo lasciarono poi a casa. Se solo avessero saputo leggere le ore osservando il sole come faceva Duilio.

Dopo l'ennesima sparatoria con i partigiani, all'ora in cui tutti stavano cenando, i tedeschi iniziarono a perquisire tutte le case di via Palestro.

Sul portone del cortile l'intera famiglia di Giovanni guardava senza parole volare fuori dalle finestre ogni cosa, i tedeschi requisivano materassi, coperte, abiti da uomo, cibo, il maiale di Nonna Teresa. Volarono via anche le preziose pezze grezze di lino per lenzuola delle sorelle Prella.

«Tutti in cucina, presto!» ordinò Attilio alla sua famiglia.

Di casa in casa, i tedeschi arrivarono anche alla loro. Hesse ben conosceva il mantovano, anche se lui non si era mai schierato dalla sua parte. L'aver lavorato in Germania aveva fatto sì che il mantovano e la sua famiglia fossero simpatici ai tedeschi. Bussarono ai vetri della porta della cucina, era Hesse.

«Chi è? » domandò Attilio con voce priva di accento.
«Maggiore Hesse, posso?» disse entrando senza aspettare il permesso.

Il capo di tutti si guardò intorno, rivolse un mezzo sorriso a Evelina e disse indicando Giovanni «Bel bambino, comunque tutto regolare. Polenta? »

Attilio annuì mentre sudava freddo aspettando il peggio.

«Tutto regolare.» disse ancora Hesse in un italiano metallico ai suoi uomini, poi urlò qualcosa in tedesco al soldato dietro di lui. «Aspettate.» aggiunse.

L'ordine secco e duro spaventò Giuseppe che strinse la mano della mamma.

«Non dovete avere paura di me bambini, non avete nulla da temere, perché vi stringete alla mamma?»

«Sono timidi.» disse Evelina al capo di tutti, guardato in modo truce da Giuseppe.

Il soldato al quale Hesse aveva dato ordini in tedesco tornò di corsa in cucina, superò il capo di tutti e diede un pacco ad Attilio che accennò un ringraziamento con il capo, rimanendo rigido.

«Chi ha lavorato per i tedeschi va premiato, i tedeschi premiano chi si comporta bene!» Hesse si portò la mano al cappello e girando i tacchi si tirò dietro la porta della cucina e sparì, senza aspettare altri saluti, commenti o ringraziamenti.

Attilio era furioso e sbraitava con la moglie sottovoce «Guarda che situazione, maledizione, adesso ci prenderanno tutti per spie, dalla nostra finestra non è volato fuori niente, già mi odiano perché ho lavorato in Germania, adesso poi che sto simpatico a quello lì.»

«Cosa c'è nel pacco?» disse Giuseppe tirando la manica del padre.

«Meno male che ci conoscono.» disse Evelina, che non si riferiva ai tedeschi, ma agli abitanti della via.

«Cosa c'è nel pacco?» disse di nuovo Giuseppe pestando i piedi.

Giovanni cercò di toccare il pacco, ma si beccò uno scappellotto sulla mano.

«Cosa c'è nel pacco?» chiedeva ancora Giuseppe alzando sempre più la voce.

«Insomma smettetela!» ordinò il padre ai figli.

«Il capo di tutti ci ha regalato qualcosa, cosa c'è nel pacco?» chiese anche Giovanni.

«Basta, adesso guardiamo, state bravi ancora un attimo.» disse Evelina con tono calmo.

«Tu e la tua attività di calzetta, siamo stati fortunati che Hesse non ci abbia sospettato come collaboratori dei banditi. Accidenti ce la siamo vista brutta!» disse sottovoce Attilio alla moglie in tono di rimprovero.

«Ce la siamo vista brutta né più né meno degli altri. Sono molto più preoccupata di cosa pensano di noi quelli della via, però è anche vero che ci conoscono, che mi conoscono, io ho sempre aiutato loro e mai i tedeschi.»

«Va beh Evelina, aspettiamo che i tedeschi se ne vadano dalla via, sono arrivati fino in fondo, poi vai a vedere che aria tira.» la consolò Attilio.

«Allora lo apriamo questo pacco?» urlò Giuseppe.

«Sì, lo apriamo questo pacco. Sentite come abbaia il cane di nonna Teresa, se non la smette subito, oltre che al cane potrebbero uccidere anche lei.» disse Attilio mentre srotolava la carta marrone e spessa, sembrava carta per alimenti.

«Salciccia e biscotti!» urlarono in coro i figli.

«Bene, lo riconoscete brutti lazzaroni questo grosso rotolo di salciccia? E questi due pacchi di biscotti da dove arrivano?» domandò a metà tra l'arrabbiato e lo scanzonato. Avevano fame era chiaro, ma Evelina mettendosi in mezzo disse «Appena se ne sono andati, vado dal macellaio e dal fruttivendolo e restituiamo tutto. Questa non è roba nostra.»

Giuseppe emise un mugolio di disapprovazione.

«Il cane di nonna Teresa non abbaia più.» disse Giovanni.

«Forse se ne stanno andando, proviamo a guardare fuori dal portone.» suggerì Evelina, trattenendo i figli dietro di lei.

«Se ne vanno, se ne vanno!» disse sottovoce Giuseppe che come al solito non aveva ascoltato e stava sbirciando anche lui dietro alla madre.

Anche se c'era il coprifuoco i cortili erano animati. Sottovoce, con le finestre schermate da teli scuri per nascondere la poca luce che c'era nelle case, la gente si parlava. I cortili erano tutti un brusio, per non farsi sentire dai tedeschi appena andati via.

«Adesso esco a parlare con gli altri e voi state in casa, iniziate a mangiare la polenta, tutti e tre.» ordinò Evelina.

Attilio prese i figli e tornò in casa. Evelina si soffermò un attimo, suo marito non aveva ribattuto, forse non era d'accordo, ma nemmeno si metteva contro la sua attività di calzetta. Giovanni e Giuseppe si guardavano stupiti, non avevano mai visto il papà obbedire alla mamma.

Tutti furono solidali con la loro famiglia, sapevano che non erano spie. Evelina restituì la salciccia al macellaio che gliene regalò metà, vista la sua onestà. I biscotti, come supposto, erano del papà di Gina, prese un pacco e lasciò l'altro a Evelina.

Nell'animo di tutti era chiaro che Evelina e la sua famiglia correvano meno rischi degli altri, questa simpatia di Hesse, poteva andare a loro vantaggio; i loro movimenti forse, non sarebbero stati controllati come quelli degli altri.

Attilio fu contento della piega che aveva preso la situazione, a lui che inneggiava sempre contro repubblichini e tedeschi, l'idea di passare per spia dei tedeschi proprio non andava giù. Anche se tutti pensavano che godessero di privilegi, Attilio impose a Evelina di stare ancora più attenta nell'aiutare o se avessero ospitato partigiani e chiese anche di non nascondere alcun materiale per il carro in casa loro. Fossero stati scoperti, a questo punto, la vendetta di Hesse, che aveva accordato loro la sua stima, sarebbe stata ancora più tremenda.

Dopo questi episodi l'attività serale delle donne nella stalla continuò, ma divenne più prudente. L'oscuramento e il coprifuoco, rispettati proprio mentre le giornate si allungavano sempre più, erano vissuti come una costrizione dai più piccoli. Questa storia che non bisognava far vedere agli aerei nemmeno la più piccola luce per non indicare i centri abitati e la rinuncia alle partite di pallone nella via dopo cena, era davvero pesante. Non si poteva rischiare di uscire, le ronde di controllo tedesche erano continue e chi era pizzicato fuori casa era arrestato.

Solo di tanto in tanto i figli venivano portati nella stalla dalle donne, adesso era troppo pericoloso. Cambiarono anche stalla: scelsero quella del calzolaio, interna al cortile e raggiungibile passando da solai e ballatoi anziché dalla strada, più sicura perché movimenti e luci non potevano essere visti dall'esterno. Anche questa aveva una buca dietro la mangiatoia.
I bambini, quando erano presenti, dovevano tenere un libro sulle ginocchia, mentre le donne avevano sempre in grembo un rosario. In caso di perquisizione, erano preparate: stavano sedute vicino alla buca, per nascondere più in fretta i lavori. Per fortuna non ci furono mai problemi.
In questo periodo produssero un'infinità di bende, segno che gli scontri erano ancora più violenti. Il cugino della moglie del calzolaio, che lavorava in comune, portava regolarmente documenti falsi; la maggior parte fornivano l'identità di boscaiolo perché molti partigiani erano stati sistemati da Duilio presso famiglie su per i monti, come aiutanti taglialegna.
Una sera, nella stalla, venne la moglie dell'impiegato del comune e Gina le diede il suo lasciapassare, quello che le permetteva di

andare a lavorare alla manifattura a Cuorgné. L'impiegato del comune avrebbe creato delle copie da dare ai partigiani. Vedendo il foglio nelle mani di Gina, i monelli chiesero di vederlo. Era un foglietto rettangolare, una striscia scritta con la macchina da scrivere. I bordi erano irregolari. Sembrava avessero scritto tanti lasciapassare su di un foglio e poi lo avessero diviso. I caratteri della macchina da scrivere non erano tutti scuri uguali. Le scritte in tedesco erano tradotte in italiano, e dove c'erano i puntini, gli spazi erano stati riempiti a mano.
La scrittura era secca e decisa.

È firmato dal capo di tutti.

In basso a sinistra era stato apposto un timbro rotondo, un cerchio tutto sbavato dentro il quale campeggiava un aquila: conoscevano quel disegno, era il simbolo dei tedeschi.

```
Frau  Gina  Leone  ist  berechtigt  Rivarolo  zu
verlas
La  signora  Gina  Leone  è  autorizzata  a  lasciare
Rivarolo
Se  um  sich  nach  Cuorgné  zu  begeben
Per  recarsi  a  Cuorgné

Ortskommandant
Herr  Hesse
```

La moglie del calzolaio intanto, mentre consegnava per il carro un paio di scarponi di un partigiano con la suola riparata, raccontava a tutti che da pochi mesi aiutava il dottore a tenere in ordine la sua casa e lo studio, e che lui e Duilio avevano organizzato il soccorso dei feriti partigiani.

«Spesso mentre sono là che pulisco arriva il solito furgone a portare un ferito o un morto. Incredibile! Fanno tutto sotto gli occhi dei tedeschi e loro nemmeno se ne accorgono! Sono anche andata ad avvisare le suore per conto del dottore. Le suore dell'ospedale sanno come ricoverare e far uscire da Rivarolo i feriti. L'altro ieri dal dottore sono arrivati due partigiani morti. Lui è bravissimo, li pulisce, li mette in ordine, mi chiede aiuto per sistemarli, prima di restituirli alle famiglie. La madre superiora dell'ospedale, pensate ha anche guidato il famoso Guzzi per portare all'ospedale i feriti!»

«Basta ci sono dei bambini!» disse nervosa Evelina.

«Tanto fuori di qui ne vedono di tutti i colori.» disse la moglie del calzolaio facendo spallucce.

«Basta! Discutiamo fra di noi, ma lasciamo fuori i bambini.» disse Gina zittendo tutti mentre scattava in piedi. Lei andò verso la buca e tirò fuori un pacchetto «Duilio mi ha dato delle lettere per alcuni del paese.»

Ce ne erano più di venti. Tutti avevano paura di non far ritorno e Duilio aveva chiesto al suo gruppo di scrivere alle famiglie.

Il carico di quella settimana era particolarmente importante, erano riusciti a requisire venti moschetti, due pistole, un mitragliatore, munizioni e due stazioni radio R.F. 2, viveri, sigarette, ma erano nascosti giù all'Orco, per cui il carro avrebbe dovuto fare una sosta in più prima di allontanarsi. Gina era orgogliosa di Duilio, rubava tutto ai tedeschi.

Fu così che i monelli in riva al fiume, da sempre emuli di Duilio maturarono la decisione di rubare ai tedeschi. L'idea di sgraffignare bombe o telefoni o chissà che altro, era davvero grandiosa. Il piano prese forma: schemi di movimenti strategici venivano disegnati sulla sabbia e provati e riprovati. Le tattiche di avvicinamento alla scuola funzionavano a meraviglia, ma nonostante vari tentativi non riuscirono a oltrepassare il cancello, c'erano sempre i tedeschi di guardia.

Era la metà di giugno, le ciliegie avevano già riempito le loro pance e i pesci venivano abbrustoliti sempre più spesso. Le attività al fiume erano sempre le stesse. Anche i bagni erano ripresi nelle anse in cui la corrente non era troppo forte. Talvolta le creavano loro stessi facendo dighe di pietre per deviare e fermare l'acqua, ottenendo pozze tranquille e poco profonde. Non era ancora possibile tuffarsi dal ponte o attraversare a nuoto il fiume, avrebbero dovuto aspettare ancora un mese.

Tornando dal fiume, un giorno, videro uno strano movimento in cima alla via. C'erano quasi tutte le donne che curavano i rifornimenti per il carro. Tenevano ferma per le braccia una giovane del paese. Le stavano tagliando i capelli, la stavano rapando a zero. Increduli, i monelli formarono un gruppo compatto e immobile: non capivano cosa stava succedendo e si interrogavano muti a distanza.

Dopo quest'operazione, una donna iniziò a verniciare di rosso la testa rasata della ragazza, in un silenzio surreale, solo un leggero trambusto di braccia e piedi. Le donne non volevano attirare l'attenzione dei tedeschi che potevano sbucare da ogni parte all'improvviso, due mamme una all'inizio e l'altra al fondo della via facevano la guardia.

Terminato di dipingerla, iniziarono a prenderla a spintoni, dicendo «Spia!» in un sussurro crescente. Le sputarono addosso prima di lasciala andare.

La spia, piangendo, passò in mezzo al gruppo di bambini che la guardarono con disprezzo come le madri, le fecero il vuoto intorno e indietreggiarono tutti verso casa, in silenzio, insieme alle donne.

Il 25 maggio 1944 apparve un altro manifesto :

> Il Comando Supremo Germanico per mantenere la sicurezza del paese e la protezione della popolazione civile e per evitare contromisure più severe comunica premi fino a L. 5.000 e chili 5 di sale per ogni segnalazione che renda possibile il sequestro di un deposito o di un rifornimento aereo di armi o di esplosivo oppure la cattura di un ribelle.
> Fino a L. 10.000 e chili 10 di sale per la segnalazione di un deposito o di un rifornimento aereo di armi o di esplosivo o di un capobanda.
> L. 1.000 e chili 1 di sale per ogni utile segnalazione
> I ribelli che si presenteranno spontaneamente verranno esentati da **qualsiasi pena** e riceveranno i premi corrispondenti. Per gli inadempienti pena di morte. Le persone che segnaleranno verranno trattate con assoluto riserbo e in modo non compromettente.

Dopo questo manifesto, l'andirivieni di tedeschi e partigiani divenne intensissimo. Le sparatorie frequenti e i rischi ad andare in giro ancora più alti. Attilio ed Evelina evitavano di parlare davanti ai figli di tutte le notizie che arrivavano, le voci ben informate erano molte. I tedeschi continuavano a rastrellare le

montagne metro per metro, frugavano ovunque, anche in pianura, le case di Rivarolo erano state frugate più volte.
I tedeschi erano armati fino ai denti e questo ora lo potevano vedere anche loro, mezzi corazzati e camion pieni di soldati passavano in continuazione; tutti sapevano che i partigiani non erano armati così bene.

Evelina, nella stalla, una volta si lasciò sfuggire che Duilio e il suo gruppo avevano bombe a mano più di tutti gli altri. Giovanni era stupito, sua madre sapeva di più di quello che dava a vedere. Nel Canavese non si erano mai visti così tanti tedeschi, diceva sua mamma ed era vero.
Le gesta di Duilio ai danni dei tedeschi erano famose tra la sua gente, tutti lo sostenevano, ma adesso avevano paura più di prima.

Quella domenica andarono alla messa, soltanto Evelina con i figli, Attilio diceva che a lui bastava recitare un Salve Regina prima di andare a dormire. Si misero il vestito buono e le scarpe con la suola di cartone e si avviarono verso la chiesa. La funzione fu interminabile, sembrava che il prete non volesse più farli uscire, infatti fuori c'erano i tedeschi ad aspettarli. Giovanni e Giuseppe si strinsero alla madre, non era possibile attraversare il sagrato della chiesa senza essere controllati. Il parroco, con la scusa del rumore che si era creato davanti alla sua chiesa, uscì sulla piazza e iniziò a fare rimostranze a proposito del controllo del suo gregge. Lui non temeva il capo di tutti: era uno dei pochi che era sempre riuscito a tenergli testa. Anche se il capo di tutti ogni tanto andava a messa, non era tollerato e in quelle occasioni il parroco diventava acido e faceva prediche pungenti con metafore dalle quali saltava fuori che le mani di Hesse erano troppo insanguinate.

Tutti i giovani usciti dalla chiesa vennero controllati. Vennero arrestati il figlio della maestra e il figlio del macellaio, due quattordicenni che saltuariamente stavano con la banda. Furono portati via insieme ad altri cinque uomini, circondati dai soldati di Hesse.

Evelina e i figli tornarono a casa, mentre quella carovana in spedizione punitiva andava nella direzione opposta. «Dove li portano?» chiese Giuseppe alla madre.

«Credo alle scuole dove stanno i tedeschi.» rispose.

Non erano stati i soli a essere arrestati in quei giorni. «Arresti indiscriminati,» commentava Attilio «e molti di loro non hanno mai aiutato i partigiani. I parenti gli hanno portato da mangiare passandolo dalle finestre.»

Il giorno dopo, i due ragazzi quattordicenni vennero liberati, mentre il resto del gruppo rimase alle scuole. All'arrivo improvviso del figlio del macellaio nella via, la partita di pallone fu interrotta e tutti corsero verso di lui.

«Come stai?» chiese Giuseppe.

«Bene, non mi hanno fatto niente.»

Arrivò di corsa la madre che lo abbracciò e domandò: «E gli altri?»

Si stava raccogliendo intorno a lui una piccola folla.

«Li portano in prigione a Torino e poi in Germania. Hanno detto di dire che tutti i traditori saranno mandati nei campi di concentramento.» disse provato.

Il fruttivendolo intervenne e commentò, era andato a portare delle mele agli arrestati:

«Un prigioniero che ha obbedito al manifesto e si è presentato spontaneamente, mi ha detto di dire a tutti i giovani di scappare. A lui, che non ha fatto niente, non lo hanno rilasciato. Perché non é detto che ti lascino andare.» disse agitandosi al centro del gruppo «C'è una commissione tedesca che esamina i documenti, soprattutto dei giovani e chi non è perfettamente in regola viene spedito alle Nuove[4] di Torino.»

«Avvisiamo Duilio, facciamoli liberare.» fu il commento della moglie del calzolaio.

Dopo pochi minuti il gruppo si dissolse, meglio non attirare l'attenzione. Era diventata una consuetudine concentrare le discussioni in poche frasi essenziali e poi correre via veloci, veloci come l'acqua raccolta dal rigagnolo al centro della strada dopo un temporale, senza lasciare traccia.

Seguì un periodo di poche notizie per i monelli. La guerra sembrava pendere talvolta a favore dei partigiani, talvolta a favore dei tedeschi. Lui e suo fratello non cercavano nemmeno più di leggere i titoli dei giornali e si disinteressarono anche di Radio Londra che parlava di alleati mai visti.

In una calda giornata intorno al 20 giugno, Giovanni era come altre volte nel solaio del fruttivendolo, solita finestra sulla piazza. Più tardi avrebbe raggiunto gli altri: bagno, pesca, "maroda" (volevano vedere se ci fossero alberi da frutta in frazione Gave), come al solito.

Era parecchio che non guardava nel nascondiglio. La settimana precedente Duilio era passato a trovare Gina, la domenica sera

---

[4] "Le Nuove" ora in disuso, erano le prigioni della città di Torino.

verso le otto lo aveva visto dal balcone della sua camera. Guardare nel nascondiglio era l'idea giusta per movimentare quel pomeriggio.

Con sua grande sorpresa c'era un foglio nuovo in cima al mucchietto degli altri fogli e sembrava essere stato messo dentro la scatola in fretta tanto era mal riposto e spiegazzato. Si mise a leggere, mentre Gatta si strofinava sul foglio rivendicandone la proprietà.

10 giugno 1944 – Lettera a Tempesta

Ciao mia cara,
rassicura tutti che sto bene. Spero di incontrarti
presto. Solita modalità. È inutile dirti che poi dovrai
bruciare questa lettera. Non conservarla.
Ci sono molti ebrei che transitano ancora nei nostri
valichi, per andare in Francia, a loro non basta più
nascondersi in alta valle di Lanzo. Là ci sono ancora
molti valligiani che sono dalla parte dei fascisti e
non siamo ancora riusciti a individuare tutte le spie.
Abbiamo preso però la più famosa: Travinèl, il malgaro
dell'ultimo alpeggio verso il pian dei Morti; è stato
giustiziato sul posto.
A Bessans ho incontrato l'orologiaio ebreo di Rivarolo
con la moglie e il figlio. Erano magri più di noi ma
ancora vivi. Stavano andando in Francia. Hanno vissuto
qui da quando erano partiti da Rivarolo e nessuno è mai
riuscito a identificarli come ebrei, ma ora hanno paura
e scappano anche da lì.
Abbiamo preso dei prigionieri fascisti. Sono più morti
che vivi. Li abbiamo scambiati sul ponte a Cuorgnè per
riavere indietro Saetta. Sì, lo avevano preso, ma per
fortuna non gli hanno fatto niente e siamo riusciti a

liberarlo. Sono stati i quattro giorni più lunghi di tutto questo periodo.
In valle di Lanzo un chilo di sale viene scambiato per un chilo di farina di polenta, riso o burro perché serve per fare il formaggio. Manciate di sale passano di zaino in zaino.
Dalle altre parti non ci sono più spie. Siamo riusciti ad eliminare tutti i traditori.
Sai, è proprio vero, noi siamo sempre ovunque e da nessuna parte. Comincio a sentirmi un fantasma, a volte i tedeschi ci passano vicino e neanche si accorgono di noi.
La rotabile Castellamonte-Ivrea è per le truppe "nere" è un itinerario di morte. Stiamo organizzando altre offensive ai posti di blocco di cui avevamo parlato.
A Favria, Feletto e Rivarolo i tedeschi le hanno prese di santa ragione. Hanno subito gravi perdite. Non riescono a difendersi dai nostri attacchi improvvisi e fulminei, proprio perché non sanno mai dove siamo. Purtroppo tutto è molto difficile. Non siamo ancora riusciti ad avere dei lanci, dal cielo non è piovuto un solo bidone e i tedeschi ci hanno strappato molte armi in 10 mesi di azione.
Un abbraccio Vento

Chissà forse questa lettera non era arrivata per conto suo, ma Duilio l'aveva consegnata di persona. Forse era per questo che l'aveva trovata. Perché Gina non l'aveva bruciata?
Forse era per questo che nei giorni precedenti i tedeschi avevano perquisito molte delle abitazioni di Rivarolo svuotando tutto, buttando fuori mobili e masserizie, alcune case anche due o tre volte di seguito. Ripose tutto e poi si dedicò a Gatta che reclamava attenzioni.

All'inizio della via e in molte altre parti del paese apparve una nuova scritta, che suscitò l'ilarità di molti. Speravano forse di convincerli a parlare spaventandoli?

ACTHUNG BADENGAFAHR!!
Attenzione pericolo di bande!!

L'ultima domenica di luglio era messa grande, si festeggiava San Giacomo, patrono del paese. Il capo di tutti, Hesse, non c'era, aveva lasciato quella festa alla gente del paese. A dire il vero c'era poco da festeggiare, e il prete, a tratti anche lui partigiano, che spariva per ricomparire all'improvviso come molti altri, approfittando dell'assenza di Hesse, si lanciò in una predica per nulla biblica, con affermazioni velate e sottili. Non parlò mai apertamente, però una delle asserzioni del parroco raccolse particolare consenso e un brusio di sottofondo.
«Non si è mai visto un padre denunciare suo figlio. Il padre non si è fatto prete per fare lo sbirro.»
All'uscita i fedeli trovarono il capo di tutti ritto e rigido sul piazzale. «Chiamate il prete.» ordinò ai primi usciti. La folla si aprì per far passare il parroco, mentre una donna correva a chiamarlo. Giovanni e suo fratello erano schiacciati contro il muro dell'oratorio, di fronte alla chiesa, abbracciati dalla madre: Evelina non si voleva perdere i commenti di Hesse e del prete.
Il prete uscì composto e tranquillo e si stagliò sulla porta della chiesa, non scese nemmeno il gradino, non andò incontro al tedesco, le braccia incrociate sul petto e lo sguardo diritto, gli conferivano autorità, aumentata dal gradino che lo posizionava più in alto di Hesse.

163

Il capo di tutti comunicò ad alta voce in modo che fosse chiaro a tutti i presenti: «Non potrete più suonare le campane fino a nuovo ordine. Sospettiamo che possano essere utilizzate per segnalare informazioni ai ribelli.»

Con un cenno richiamò il suo seguito costituito da quattro giovani soldati armati di mitra, girò i tacchi e se ne andò senza attendere il commento del prete, il quale fece altrettanto rientrando in chiesa e sbattendo dietro di sé la porta.

La folla si disperse.

Quel pomeriggio Giovanni andò al fiume con tutta la banda. Quelle ore trascorsero tranquille, mentre sul ponte transitavano camionette tedesche impegnate in un avanti e indietro senza apparente scopo. Suo padre era andato a Torino, nonostante il pericolo, aveva ripreso alcune delle vecchie abitudini, ultimamente però oltre a distrarsi cercava notizie e cibo. Tutto quello che portava era sempre poco per loro quattro e di pessima qualità, ma era cibo. Mai si sognarono di chiedere come lo aveva avuto, era meglio non saperlo.

Quando tornò a casa Giovanni trovò le donne che lavoravano insieme per il carro, riunite al centro della via. Erano molto affiatate e la loro cospirazione non venne mai scoperta perché si comportarono sempre normalmente. In quel momento però, erano più agitate, solo un occhio attento e conoscitore dei loro piccoli gesti, poteva percepirlo.

Giovanni si avvicinò a grandi passi verso sua madre: cosa stava succedendo? L'argomento era scottante.

«Sospettano il dottore di favoreggiamento, se lo arrestano come faremo con i feriti?» diceva la moglie del calzolaio.

«Abbiamo sempre l'infermiera che ci può aiutare.» replicava Evelina.

«Già, ma la sua casa da adesso in poi la sorveglieranno e come faremo a far arrivare i feriti? Qui solo le suore ci possono aiutare, solo loro possono avere qualche buona idea.» diceva un'altra mamma.

Evelina fermando le mani dell'amica disse «Hai ragione, dobbiamo parlare con la superiora, i feriti sono già passati dall'ospedale e possiamo portarli lì, il dottore va sempre all'ospedale, non ci farebbero caso i tedeschi, non passiamo più da casa sua, così se lo controllano... »

«Io vado subito a parlare al dottore, anzi prima cerco Gina, poi vado dal dottore.» disse la calzolaia incamminandosi veloce.

«Va bene, ci sentiamo più tardi nella stalla.» disse ad alta voce Evelina, raccogliendo l'assenso delle altre, poi lanciò un'occhiataccia a Giovanni «Tu vai subito a casa e stai zitto! »

«Va bene, vado mamma.»

E' davvero preoccupata, io non parlo mai.

I giorni trascorsero piatti, i problemi erano quelli di sempre, ormai quasi non ci facevano più caso e nessuno in casa si lamentava. Si lavorava e si tirava avanti, tutte le famiglie che Giovanni conosceva nella via tiravano avanti a stento.

La sera, il coprifuoco rendeva tutto ancora più noioso. La noia fu interrotta tre volte dalle sirene e ogni volta dovettero scappare giù al fiume. Seduti sulle rive, lontano da dove giocavano di giorno, guardavano i fari della contraerea squarciare il cielo. Grandi bagliori e tuoni in lontananza su Torino bombardata. Le sorelle Prella si domandavano se la loro casa fosse ancora in piedi, e parlavano di conoscenti rimasti in città e di altri andati in un paesino dal nome mai sentito.

Gli aerei passavano alti su di loro e tutti si chiedevano se avrebbero mai buttato giù il ponte e se quegli aerei avrebbero volato basso sparando e bombardando, spaventandoli ancora di più. Speravano che quei tuoni e quei bagliori su Torino, così forti e tremendi nonostante la distanza, non arrivassero lì; gli occhi dei grandi erano spaventati quanto quelli dei piccoli al pensiero di avere quel mostro proprio sopra la testa.

I bombardamenti non arrivarono, ma verso il 12 agosto, sui muri apparve un avviso che turbò tutta la via. Era stato affisso nella notte anche se nessuno aveva visto tedeschi venire ad incollarlo. Giovanni e Giuseppe furono svegliati da Manuia che stava tirando sassi sulle finestre della loro camera. Giuseppe andò a vedere.

«Venite a vedere, scendete, presto!» diceva con grandi gesti. «Vado a vedere se la porta è già aperta» urlò richiudendo le imposte.
«Dai alzati che è aperto, papà è già andato a lavorare, scendiamo, è successo qualcosa. Manuia ci ha chiamato.» disse al fratello.
«Arrivo, ma che succede?» chiese Giovanni mentre il fratello stava già infilando la scala «Aspettami, dai.»
«Muoviti lumaca, Manuia ci aspetta, andiamo.» Era tornato indietro e urlava «Sbrigati.»
«Pronto! Andiamo.» disse Giovanni saltando giù dal letto.
Non passarono nemmeno in cucina, si dissero in strada verso il gruppo, c'era anche Manuia che saltava per vedere oltre le teste dei grandi. Capirono immediatamente che c'era un nuovo manifesto. Succedeva sempre così.

Non era chiaro quando Feletto sarebbe stata bruciata, ma tutti
erano sicuri che non avrebbero dovuto attendere molto. Chi era
davanti al manifesto aiutava i partigiani, la paura si leggeva nei
volti. Si sentivano impotenti. Il papà di Manuia protestava in
mezzo al gruppo dicendo che non aveva idea di come poter
salvare le poche cose senza valore che possedevano. Erano tutti
così poveri che anche quel poco, se perso, era impossibile
ricomprarlo.

Il 15 agosto era una giornata calda e troppo umida e come al
solito i monelli cercavano fresco tra le acque del torrente. Quel
pomeriggio d'improvviso i loro spruzzi si fermarono, diverse
colonne di fumo si sollevavano nel cielo in direzione Feletto.
«La stanno bruciando, come diceva il manifesto.» disse Giuseppe.
«Corriamo a vedere!» disse Manuia «Seguiamo il fiume.»
«Ma siamo tutti bagnati!» disse UCAS.
«Non ti lagnare, corriamo, asciugheremo mentre corriamo,
muoviamoci.» disse Giuseppe.
Furono tutti d'accordo, corsero seguendo le sponde, i due paesi
distavano solo qualche chilometro l'uno dall'altro.
Quando furono vicini al ponte di Feletto videro che i nazisti lo
presidiavano. «Hanno circondato il paese.» disse Giuseppe
«Facciamo attenzione.»
Risalirono le sponde, poco ripide. Gli alberi coprivano la loro
presenza e in quel punto iniziavano anche le siepi del cimitero.

Decisero di sdraiarsi in terra nascondendosi lì dietro per osservare l'unico squarcio di via che portava sulla piazza del paese.

Da quella posizione, videro che la cupola e il campanile della chiesa non stavano bruciando, li avevano risparmiati come diceva il manifesto. Alle loro spalle sul ponte passavano mucche legate e trascinate dai tedeschi, mentre altri tedeschi ammassavano diverse cose su un carro all'inizio del ponte, alcuni sembravano sacchi di grano.

«Stanno rubando tutto a tutti.» disse Giovanni.

«Sono arrivati anche in questa via, giù! Zitti!» avvisò UCAS. Si appiattirono sul terreno e la siepe di bosso in quel momento, sembrava non proteggerli abbastanza.

Sembrava procedessero con ordine: sfondavano a una a una le porte delle case, buttavano fuori persone e cose. Un uomo venne fucilato sulla porta di casa, i fienili nei sottotetti venivano bruciati. Finito con una casa, passavano alla successiva, mentre donne andavano avanti e indietro e buttavano in strada materassi, coperte, sedie, vestiti, tutto quello che potevano, prima che il fuoco passasse dal solaio ai piani inferiori. Chiedevano a ogni famiglia dove fossero i partigiani, poi iniziavano a bruciare con la grossa torcia retta da un soldato, al seguito di uno che aveva il cappello e la divisa simili a Hesse, ma non era lui, era un altro capo di tutti.

Nessuno dei monelli era capace di muoversi, erano pietrificati dalla paura, i tedeschi si stavano allontanando, erano passati a un'altra via.

Poi d'improvviso un fruscio, rumore di passi, dal cimitero Giovanni e gli altri videro uscire i partigiani. Quando stavano facendo il bagno poco prima avevano sentito una sparatoria, in direzione di Feletto, forse erano loro. Passarono veramente vicini

168

ai bambini e non li videro; alla testa di quel manipolo di circa dieci uomini c'era Duilio. Presero a correre lungo l'Orco in direzione Rivarolo.

Chissà se scappano in montagna o verso il rifugio di Argentera.

In silenzio si alzarono tutti e camminando chinati ripresero la via dell'Orco, verso il loro solito posto. Avevano visto abbastanza, avuto paura abbastanza e i partigiani erano ormai lontani. L'odore del fumo nero era sempre più insopportabile.

La sera tornando a casa, il solito capannello di persone nella via che commentava i fatti gravi o insoliti appena accaduti. Il macellaio impaurito diceva che dopo l'incendio avevano affisso cartelli con scritto "così si trattano i ribelli."

A metà settembre iniziò di nuovo la scuola. Mangiavano a mezzogiorno. Mangiare era diventato ancora più difficile. Attilio imprecava: la borsa nera era diventata più cara che mai e non riusciva più a comprarci nulla; i contadini avevano pretese assurde, uno gli aveva chiesto la sua giacca in cambio di un cesto di verdura. Sembrava che tutto fosse diventato oggetto di borsa nera.

Mentre suo padre parlava di cibo, Giovanni cercava di ricordare che gusto avesse il pane nero con il sale, era un po' che lo mangiavano senza.

Pensava anche che tutta la banda non aveva più combinato nulla di eclatante; le occasioni non erano mancate, ma a parte qualche scaramuccia con i ragazzi di Feletto, non avevano più rotto vetri o rubato. Forse anche perché non c'era più nulla da rubare, al macellaio mancava anche la salciccia, il grosso rotolo sul tagliere di marmo in vetrina, era diventato un piccolo rotolo e spesso non c'era proprio.

Poi venne mitragliata la Canavesana.
La voce corse velocissima di bocca in bocca in paese.
Erano quasi le sei di sera e neanche un'ora prima avevano attaccato il treno che tornava a casa con il suo carico di operai e sfollati.
Il convoglio era stato mitragliato nei pressi di Bosconero e si diceva fossero due aerei inglesi.
Su Rivarolo quel pomeriggio erano passati diversi aerei o forse gli stessi più volte; la banda che giocava a pallone alzò più volte la testa al cielo. Tutti erano sempre all'erta. Anche le pettegole alzarono la testa al cielo più volte e come sempre davano segni di irrequietezza non tanto per gli aerei quanto perché mal sopportavano i monelli urlanti.
Dal momento in cui giunse in via la notizia del mitragliamento vi fu una sequenza veloce di eventi.
Sembravano cartoline sfogliate così in fretta da non poter mettere a fuoco tutti i dettagli, alcuni però, rimasero vividi e indelebili.
Arrivò correndo il calzolaio, arrivava dalla stazione e stava urlando. Urlava a tutti che avevano mitragliato la Canavesana, a Bosconero, pochi minuti prima.
I monelli smisero il gioco e circondarono i grandi che parlavano, le pettegole pettegolavano ancora di più.
Giovanni aprì bene orecchie e occhi, doveva seguire più discorsi.
Da lì a poco il treno sarebbe arrivato nella stazione di Rivarolo.
Il panettiere, svegliato dal trambusto raggiunse il gruppo, si informò, ricorse indietro, inforcò la sua bicicletta e prese verso l'ospedale a dare l'allarme.

Il calzolaio tirò fuori il suo carretto e di gran carriera si diresse verso la stazione.

Una pettegola piangeva, era la peggiore di tutta la via.

Toh, ha un cuore.

Le sorelle Prella erano entrate e uscite da casa loro, a una velocità che non era riuscito a classificare, correvano verso la stazione con un miscuglio di roba in mano. Bende, asciugamani, pezze per i feriti.

La solidarietà della gente, aveva spazzato via la paura.

Giovanni prese il fratello per il braccio e insieme si misero a correre verso la stazione, come tutti gli altri.

La mamma non era ancora tornata dal lavoro.

Anche il resto della banda corse verso la stazione.

Una processione di gente correva verso la stazione, ormai lo sapeva tutto il paese.

Non c'erano tedeschi in giro.

Una volta giunti, sentirono il capostazione urlare: «Ci sono tanti feriti, dei morti, serve più aiuto!»

Giovanni, suo fratello e i monelli osservarono immobili.

Correndo stavano arrivando le suore dell'ospedale.

Correndo stavano arrivando anche il medico condotto e il medico dell'ospedale.

Arrivarono altri carretti.

Il treno invece non arrivava ancora.

I bambini concitatamente, erano invitati a farsi da parte, ma i monelli, compatti, volevano vedere. Si sedettero inermi sul muretto di cinta della stazione, proprio di fronte ai binari.

L'orologio della stazione segnava le sei meno due minuti.

In lontananza arrivò il gigante ferito.

Il serpente di ferro approdò in stazione, si fermò sulla solita banchina e mostrò le sue ferite.

E' aperto come un pesce appena pescato, prima di cuocerlo.

Fu subito il caos. Immagini che scorrevano davanti agli occhi dei bambini seduti zitti, come a rallentatore, come senza suoni, anche se tutto era urla e agitazione.
Nella prima immagine apparve il capotreno ferito che guidava. Non aveva il cappello come al solito, era ferito al braccio, accanto il suo collega accasciato sulla sedia. Il vetro davanti della cabina di guida non c'era più.
Gente che correva in tutte le direzioni. Finestrini rotti, buchi spaventosi sulle fiancate di lamiera.
Iniziarono a scendere i feriti, colpiti più o meno gravemente.
Scendevano dal treno i soccorritori con i morti. Li sistemavano sui carretti, uno vicino all'altro e li portavano via.
Il dottore che gridava «Bende presto, all'ospedale presto!»
Passò di fronte a loro un carretto con una giovane donna. I capelli ancora tutti pettinati bene, gli occhi azzurri spalancati, un vestito a fiorellini verde, un buco in pancia tondo ed enorme da cui si vedeva il fondo del carretto, è impressionante quanto fosse grande e definito quel buco tondo, grande più di un piatto, grande quanto il buco sulla fiancata vicino al finestrino dove era seduta. Prima era proprio di fronte a loro, seduta con la testa appoggiata al finestrino e quegli occhi azzurri che, increduli, sembravano guardare fuori.
I monelli sul muretto erano gelati dallo scempio.
L'orrore era troppo, le grida pure. Giovanni scappò via dalla stazione e gli altri monelli lo seguirono.
L'ultima immagine: sangue sui vetri del vagone.

172

Una corsa perdifiato in mezzo alle grida.

Sorpassarono un carretto tirato da un operaio della ferrovia, portava via pezzi di cadavere, non si capiva più chi erano.

La marcia dei feriti verso l'ospedale.

«Andiamo all'ospedale.» gridò UCAS.

Via Pal di corsa, fino al fondo, poi compatti sulla sinistra, sempre di corsa, verso l'ospedale. Correvano in silenzio, sul selciato di sassi di fiume solo il rumore di passi affrettati.

Erano stati mezz'ora alla stazione.

All'ospedale, il portone era aperto.

Nel cortile avevano ammassato i cadaveri. La gente muta li passava in rassegna, tentando di riconoscere qualche pezzo di vestito. Le suore del Famulato erano scese per aiutare quelle dell'ospedale. Suore bianche e suore nere. Una pregava, le mani giunte sul viso e le labbra che sussurravano veloci preghiere.

I monelli non entrarono, tornarono subito verso la loro via, in silenzio e con andatura piegata, non potevano sopportare un orrore così grande. Non avevano mai visto la guerra così da vicino.

Tornando incrociarono il dottore dell'ospedale, insieme al medico condotto. Stavano facendo ritorno, il lavoro alla stazione era finito, erano tutti sporchi di sangue.

Parlavano tra di loro: 45-50 civili uccisi, 60-70 feriti, di cui alcuni mutilati in modo grave.

Nella via le pettegole già parlavano con il panettiere e il calzolaio, erano tornati prima di loro.

Giovanni rimase colpito, sorpreso e incredulo, nel constatare che in parte il paese era già tornato alla normalità. Una pettegola cuciva sul gradino della sua porta di casa e il calzolaio aveva già in mano uno zoccolo.

173

L'odore della minestra delle sorelle Prella stava nuovamente invadendo la via, stavano di nuovo cucinando, il pianto di un bambino usciva da una finestra.

Non c'erano tedeschi in giro. All'inizio della via c'era un folla di fronte a un nuovo volantino. Sembrava ci fossero tanti volantini affissi in giro per il paese: dicevano che il mitragliamento era colpa degli americani. Erano volantini appiccicati dai tedeschi.
Chi parteggiava per i partigiani commentava che restava il dubbio che gli aerei fossero camuffati e che il mitragliamento fosse stato una rappresaglia tedesca in risposta agli attacchi partigiani dei giorni precedenti.
Giovanni era confuso. Secondo lui solo i tedeschi potevano sparare sul treno.

Perché ora tirano in ballo gli americani? Forse perché i partigiani non hanno aerei. E gli inglesi? Anche le suore a scuola, prima di iniziare la lezione ci fanno sempre dire "Siano stramaledetti gli inglesi!" prima di recitare l'Ave Maria.

La mamma non era ancora tornata a casa, erano quasi le sette bisognava iniziare a preparare cena.

Erano ormai passate due settimane dal mitragliamento alla Canavesana. I monelli dovevano andare a scuola e togliere tempo alle attività al fiume. L'orrore del treno, dei morti e feriti li aveva visti spesso fermarsi per provare a commentare, ma era meglio scacciare quelle immagini, era meglio pescare, fare ancora qualche tuffo, abbrustolire qualche pesce o una gallina. Rubare galline. Rubacchiare qualche gallina per sfamarsi li assolveva da ogni peccato, loro avevano fame, sempre, avevano un motivo, mentre il mitragliamento al treno era stata violenza gratuita.

Masticando con la bocca piena di pesce UCAS commentò «Ho sentito dire dal maestro che parlava con il sindaco che sono stati i tedeschi a bombardare il treno, ma volevano dare la colpa agli inglesi.»

Giovanni masticando rumorosamente replicò «Gina diceva con suo padre ieri di fronte al negozio che i manifesti, che hanno messo in giro per il paese subito dopo il mitragliamento, li hanno stampati i tedeschi la sera prima, avevano già pensato a fare il colpo. I partigiani riescono a sapere queste cose.» e alzò gli occhi al cielo succhiandosi le dita una a una.

«Già pare che i manifesti li abbiano messi su in fretta e furia mezz'ora dopo il mitragliamento, lo dice anche mio papà.» aggiunse il figlio del ciabattino.

Per alcuni istanti il rumore fu solo quello del fiume che scorreva, il loro masticare e succhiare le dita e il crepitio del fuoco. Ognuno sembrava perso nei suoi pensieri.

«La donna col buco in pancia...» disse Giovanni.

«Già, più grande di una padella, quel buco.» aggiunse UCAS.

Il tono delle loro voci era spento e lo sguardo perso nel fuoco.

«Andiamo a prendere altri pesci!» urlò Giuseppe che aveva ancora fame.

Sul solaio verso la fine di settembre lui e suo fratello trovarono un'altra lettera di Duilio a Gina.

12 settembre 1944 - Lettera a Tempesta

Ciao mia cara,
l'attività mia e di Saetta è senza sosta. Siamo in
perpetuo movimento: in montagna in visita ai diversi
reparti e alle altre formazioni partigiane, in pianura
per curare l'organizzazione generale e trattare gli
scambi di prigionieri. Abbiamo proprio trovato l'albero
giusto per scambiarci i messaggi! Funziona a
meraviglia, ma mi manchi e vorrei poterti parlare come
facevamo al fiume.
Siamo al santuario nascosto. Abbiamo preparato i
giacigli di paglia nelle varie camerette. I mortaisti
al secondo piano, al primo piano il plotone e gli
inglesi. Al piano terra la cucina, il corpo di guardia,
la prigione e il magazzino. Mandami altre maglie di
lana, alcuni hanno solo la giacca sulla pelle e è
troppo poco per affrontare l'inverno. Gli inglesi hanno
i fucili automatici. Vogliono traversare le montagne e
raggiungere la Francia. Abbiamo con noi un maggiore dei
paracadutisti inglesi, dirigeva la Special Force n. 1.
Mi è stato di grande aiuto, parla anche un poco di
italiano e ha grandi doti organizzative.
Con gli inglesi partono anche due cecoslovacchi, tre
francesi, una ventina di slavi e due russi. I russi
sono più malridotti di noi. Brucia la lettera e non
tenerla come hai fatto con le altre è troppo
pericoloso. Non ti preoccupare, io e Saetta porteremo a
casa la pelle. Un abbraccio Vento.

Nella lettera era contenuto un mistero, almeno per Giovanni e
Giuseppe. Qual era il santuario nascosto?
Conoscevano Belmonte, Santa Elisabetta e la suora aveva parlato
loro di Prascundù. Quest'ultima gli sembrava l'ipotesi migliore.

Cosa significava quella parola? Prato nascosto? Forse era proprio lì che Duilio aveva stabilito la sua nuova base.
Forse aveva lasciato la cascina abbandonata, pensava Giovanni. O forse aveva più nascondigli.

Con l'inizio della scuola, nella banda ci fu un nuovo ingresso: il figlio del dottor Baudino. Aveva preso a frequentare la scuola con gli altri ragazzi del paese perché aveva perso il suo insegnante privato.
L'insegnante, un ometto ossuto, era scappato in quanto di madre ebrea e padre cattolico, temeva per la sua vita, i tedeschi già sospettavano il dottore.
Enrico, l'unico che portava scarpe di cuoio, suola compresa, fu inizialmente guardato con sospetto, considerato un viziato. Non era così: era un bambino affabile e simpatico, aiutava tutti e anche se la sua preparazione era superiore a quella degli altri, non lo faceva pesare a nessuno. In classe conosceva solo Giovanni.
Fu apprezzato perché partecipava volentieri a tutti i giochi e si sporcava quanto loro. Si guadagnò in fretta la stima di tutti e fece parte della banda, anche se abitava nella villa e non in via Palestro.

L'abitazione del dottor Baudino era in via San Giacomo. Sembrava soffocata dalle altre abitazioni e dall'alto muro dell'oratorio. La villa non si vedeva dalla via, era nascosta da una siepe alta e da un cancello in ferro, elaborato e pesante. Si intravedevano solo il tetto di quella che sembrava una grande casa quadrata immersa nel verde di un giardino con almeno tre alti alberi: un bosso, una palma e un castagno. La posizione era relativamente tranquilla, di qui i tedeschi passavano meno, la vicinanza di marmocchi e preti non lasciava presagire complotti strani.

Il dottore aiutava sempre tutti, partigiani, poveri, bambini, ricchi, suore o sconosciuti, indistintamente. Aiutava meno i tedeschi, solo quando vi era costretto, per salvaguardare la sua attività di medico resistente, fedele soltanto, come diceva lui, al giuramento di Ippocrate.

Il figlio del dottore giocava da solo in questo grande giardino, non gli era permesso frequentare la banda giù al fiume, ma proprio perché solo, sentendo il vociare dei monelli, spesso apriva il portone e li invitava a giocare con lui offrendo una buona merenda e i suoi giochi costosi.

La prima volta che conobbe quel mondo misterioso dietro al cancello, Giovanni stava correndo fuori dall'oratorio, in fuga dai "Menabotte". Enrico dall'interno del suo cortile riconobbe la voce di Giovanni. «Non mi prenderete.» urlava con gli zoccoli in mano per essere più veloce. Scappava dai fratelli Menabosso, soprannominati "Menabotte", due energumeni di quattordici e quindici anni, rozzi e poco svegli, che contavano solo sulla forza fisica, non possedendo la scaltrezza dei monelli della via Pal. Vivevano in una delle tante case povere di via San Giacomo e l'oratorio era il loro terreno di caccia preferito, almeno quando il prete non vedeva. Adoravano tormentare chi non era di via San Giacomo, ma mai si avventuravano in via Palestro, consapevoli che lì le avrebbero prese di santa ragione. Erano solo dei gradassi senza cervello, ma se c'erano loro e non c'era il prete, era meglio scappare.

Enrico appostato dietro al cancello, lo aprì, invitando Giovanni a entrare: «Vieni, corri!»

L'invito fu provvidenziale perché gli permise letteralmente di sparire prima che i fratelli riuscissero ad acchiapparlo.

«Grazie Enrico.» disse ansimando Giovanni.

«Vieni, allontaniamoci dal cancello così non ci sentono.» suggerì sottovoce. «Tu sei Giovanni del mantovano vero? Tua mamma viene qui ogni tanto a fare le torte, le fa buone, e aiuta in cucina la nostra tata, buone anche le tagliatelle, sei fortunato.»

«Peccato che non vediamo così tante uova e farina per mangiare le torte e le tagliatelle che mangi tu.»

Enrico portò Giovanni in cucina a mangiare una di quelle torte fatte da sua madre, di mele. La casa all'interno aveva tanti mobili e oggetti mai visti ed era pulitissima. Giovanni pensò che la sua a confronto era nulla, non avevano tutti quei mobili e quegli oggetti, ma era comunque pulita, sua mamma ci teneva alla pulizia.

La torta di mele era buonissima ed Enrico gli fece vedere e gli spiegò cos'era un sestante che campeggiava all'ingresso, guardò dentro a un cannocchiale per la prima volta e entrò in una stanza che conteneva tanti libri, tanti quanti non ne aveva mai visti prima. Alcuni erano illustrati e gli piacque molto guardarli con Enrico, uno sugli animali esotici e un altro di geografia.

Quel giorno non avrebbe mai immaginato che sarebbe diventato suo compagno di classe, ma era certo che la loro amicizia sarebbe durata a lungo.

Enrico frequentando la scuola, escogitò qualche trucchetto per sfuggire al controllo del padre e correre giù al fiume con tutti gli altri. La scuola gli aveva regalato più libertà.

A metà ottobre, improvvisamente fece più freddo e venne giù la prima neve, Rivarolo era di nuovo bianca. Attilio ora lavorava al cotonificio Valle Susa, diceva che guadagnava poco, ma in modo continuo e avrebbe potuto andare qualche volta in più all'Albergo Europa. Per Giovanni e Giuseppe era una scocciatura, significava maggiore controllo, scappare via diventava un problema.

Potevano però svicolare senza troppi intoppi nelle stalle, un ottimo posto per stare caldi e per giocare. La sera l'attività delle mamme proseguiva più intensa. Anche Gina adesso cuciva senza sosta, lei diceva che in montagna la neve era già molto alta e il morale dei partigiani molto basso.

Il loro non era il solo gruppo di sartine, Gina andava a raccogliere da molte altre parti, in altri paesi cose fatte da altre donne. Cercavano a tutti i costi di vestire meglio i partigiani prima dell'arrivo dell'inverno.

Gina, dopo più di due mesi di lavoro, disse che avevano cucito per cinquecento uomini, alla fine ognuno aveva un pantalone e un giaccone di panno e un maglione. Nella loro stalla si facevano i maglioni, ne avevano fatti quasi cinquanta in due mesi.

Giovanni pensò che dovevano proprio essere in tante le donne che cucivano e che a volte gli sembrava lavorassero più dei papà, però il calzolaio si era unito a quelle donne. Nella stalla era l'unico uomo, con il cuoio requisito alle concerie dai partigiani che gli dava Gina, faceva scarponi.

Gli allarmi aerei continuavano incessanti e anche le corse giù al fiume in piena notte, avvolti nelle coperte. I soliti lampi arancioni verso Torino, aerei alti di ritorno, poi una volta un lampo azzurro all'improvviso, vicino. Tutti videro sfrecciare a bassa quota un aereo che lanciò una scia azzurra vicina al ponte mentre le mitragliette tedesche iniziavano a cantare. L'aereo dopo aver illuminato a giorno la zona, con un'ampia virata si allontanò indenne.

Subito il mormorio della gente che commentava. Giovanni era tutto eccitato e pimpante, non impaurito come gli altri: «Un aereo, un aereo! Ho visto un aereo da vicino! Peccato, era troppo buio per vederlo bene tutto.»

Il dottore iniziò la sua conferenza, lui leggeva tutti i giornali, ascoltava la radio e aveva visto Torino, città ferita. Vecchi, donne e bambini, nonostante il freddo, si erano raccolti intorno a lui che spiegava: «Era un aereo battistrada inglese. Un battistrada ha il compito di illuminare a giorno la zona per permettere agli aerei bombardieri più pesanti di entrare in azione, ma qui non è successo niente. Secondo me sono venuti solo a vedere, non sono arrivati Stirling o Halifax a sganciare bombe. Staranno pensando di buttare giù il ponte, le prossime volte dobbiamo sistemarci più lontano, più verso il castello Malgrà, saremo più al sicuro. Mi sa che è tutto finito, torniamo a casa, gente.»

In quei mesi allarmi e preallarmi si succedettero sia di notte sia di giorno. Suonavano sirene e tutti scappavano giù all'Orco, ma non furono mai seguiti da bombardamenti. Nonostante i tedeschi maledicessero gli aerei nemici, inglesi prima e americani poi, facevano più vittime loro con azioni repressive tra la gente e i partigiani.
I partigiani erano ormai degli eroi agli occhi di Giovanni e agli occhi di tutta la popolazione sembravano essere l'unica forza contro il nemico.
Il ponte, però cercarono davvero di buttarlo giù. Era un pomeriggio come tanti e i monelli erano in riva all'Orco. Era passato circa un mese da quella notte. Gina una sera nella stalla aveva letto loro un pezzo de "I tre moschettieri" e stavano mettendo in pratica quella vita avventurosa, presi da un'accesa

discussione. Nessuno voleva fare il re di Francia e tutti volevano fare i moschettieri.

Poi un sibilo seguito da un boato li fece istintivamente buttare a terra. Erano lontani dal ponte, sulle rive sotto le mura del Malgrà, molto più a valle del ponte.

Una colonna d'acqua in aria, fiamme, fumo e schegge ovunque. Avevano appena tentato di buttare giù il ponte. Mancato! La bomba era caduta sulla riva opposta, proprio di fronte alla cascina dell'Orso. Non avevano nemmeno sentito l'aereo. Decisero di andare a vedere, corsero a perdifiato. Era una buca molto larga e profonda, ci potevano stare tutti dentro in piedi. Le pietre intorno erano rotte come se avessero usato lo schiaccianoci e la riva era cambiata a causa dei detriti sparsi ovunque. C'erano anche dei pesci a pancia all'aria che attirarono l'attenzione di tutti, più del buco. Bisognava raccoglierli in fretta, prima che arrivassero i tedeschi. Dalla loro postazione sul ponte iniziavano a muoversi, ma loro, come sempre, erano più veloci.

A parte la faccenda del ponte quella vita fatta di stenti procedeva come al solito, inframmezzata dalle solite brutte notizie e da un freddo particolarmente intenso. Avevano raccolto castagne a sufficienza andando per boschi intorno a Rivarolo e ora tornavano utili, le mangiavano bollite o, per fare più in fretta, le buttavano direttamente sulla stufa. Giuseppe qualche volta, approfittando dell'assenza dei genitori, ne buttava due o tre sulla stufa senza tagliarle, sperando che esplodessero.

Era arrivata la notte di Ognissanti e come ogni anno Evelina preparava la tavola per i suoi morti, non aveva il lambrusco e nemmeno un piatto di tortellini, ma aveva le castagne e il latte di capra.

Chissà se davvero venivano a mangiare? Durante quella notte non bisognava assolutamente scendere in cucina, tutti lo sapevano, giravano storie più o meno paurose, inquietanti e dai risvolti insoliti, raccontate dai vecchi.

Come quella di quel bambino curioso che voleva vedere i morti e invece di andare a dormire, si nascose sotto il tavolo. Durante la notte di Ognissanti i morti arrivarono e mangiarono. Il bambino sotto al tavolo non aveva il coraggio di muoversi, ma uno dei morti, infastidito dalla presenza di qualcuno nella cucina, prese il coltello e lo buttò sotto il tavolo. Il coltello si conficcò nel pavimento di legno vicino al bambino. Quel bambino non restò mai più alzato nella notte di Ognissanti.
Per fortuna che UCAS aveva raccontato questa storia di giorno perché aveva davvero spaventato tutti, l'unico scettico era Enrico, scientifico come suo padre, il dottore.

L'innevata mattina del primo novembre portò un nuovo manifesto, contenente un ordine.

> CITTA' DI RIVAROLO
> **ORDINE DI REQUISIZIONE BICICLETTE**
> 1 novembre 1944
> Per ordine del comando germanico le biciclette di proprietà delle sotto indicate persone sono
>
> requisite e messe a disposizione del comando tedesco che assicura la restituzione
>
>   Il Comandante
>   Herr Hesse

N.B.   Le   biciclette   devono   essere
IMMEDIATAMENTE consegnate al Comando Germanico
di via Reyneri
PAGLIA Enrico via Torino 11
ALLERA Franco
:::::::

Giovanni e Giuseppe videro Gina che leggeva il manifesto e si avvicinarono incuriositi.
Lessero anche loro ascoltando Gina che commentava «Ci rubano anche le biciclette, così limitano ancora di più i nostri movimenti! Meno male che il mio nome non è sulla lista.»
Tra le quindici persone elencate Gina non c'era davvero, eppure dovevano averla vista girare in bicicletta, forse l'avevano solo dimenticata.
«Dovrò stare attenta o prenderanno anche la mia. Non posso più lasciarla in cortile, devo nasconderla.» sbuffò e andò via camminando in fretta.
Proprio in quel momento, Giovanni venne chiamato dal padre e corse subito, era sempre meglio non farlo aspettare.
Attilio era sul portone con il baracchino del latte in mano.
«Prendi Giovanni, vai con il baracchino dagli alpini della Monterosa al Famulato delle suore in piazza Litisetto, la piazza del burro, te lo riempiranno di polenta. E ringrazia, ricordati.»
Quando raggiunse la piazza, conosciuta come "piazza del burro" e non con il nome scritto sul cartello, forse una volta lì ci facevano o vendevano il burro, notò che i tedeschi nel muro del porticato avevano fatto scrivere "vietato cardare la lana sotto il portico".

Bah, è tutto un non fare questo e non fare quello, adesso scrivono ancora di più sui muri, dappertutto! Come quell'altra scritta che

184

tutti guardano vicino alla stazione "LA PATRIA NON SI NEGA, SI CONQUISTA". Lo hanno scritto bello grande, fra un po' si vede anche da Feletto. Chissà cosa volevano dire.

Il solaio meta invernale come al solito, conteneva meno mele dell'anno precedente, anche Gatta era più magra.
Dentro al nascondiglio all'inizio di dicembre lui e suo fratello trovarono altre lettere.

10 ottobre 1944

Caro Vento,
da due giorni sono tornato da Annecy, i colloqui avuti con il maggiore Hamilton sono stati soddisfacenti. E' stato gentile con me e mi ha detto che conosce gli italiani e ha molto rispetto per te, gli piace il tuo modo di lavorare. Sono l'unico italiano qui e tutti mi dedicano molte attenzioni, mi fanno sentire in famiglia, come nella nostra divisione. Il materiale è già in viaggio e mi sarà assegnato quanto prima. Gli anglo-americani ci aiutano, i francesi ancora no, gli alleati si stanno avvicinando sempre di più, sento che questo orrore, questa brutalità finirà presto. Firmato il Conte.

22 ottobre 1944 – Nota per Tempesta

Non c'è più tabacco, io e Saetta ci stiamo fumando l'aglio selvatico. Abbiamo fatto il caffè tostando sul fuoco da campo le ghiande e poi dopo averle schiacciate le abbiamo bollite con l'acqua. Il nostro caffè di ghiande di quercia sta diventando famoso in montagna tra partigiani e malgari quanto la minestra delle sorelle P. in pianura. Se riesci, facci arrivare un altro pacco, come la volta scorsa. Fai attenzione, ti prego. Vento.

Spesso arrivava voce di imboscate partigiane ai convogli di tedeschi. Dicevano che i partigiani erano veloci, bloccavano i camion sulle statali e rubavano tutto quello che potevano. I tedeschi si vendicavano, nonostante il maltempo le rappresaglie continuavano feroci.

La neve verso Natale era molto alta e a loro non restava che il solaio e le vie principali, dove erano stati spalati stretti sentieri. Se qui in pianura superava il metro, in alta montagna raggiungeva quasi i quattro. Gina era molto preoccupata. Giovanni le aveva chiesto di Duilio e lei si era lasciata sfuggire che a causa dei rastrellamenti continui, i partigiani erano stati cacciati dal fondovalle e erano costretti a vivere sui monti innevati.

Il solaio adesso era frequentato anche da Enrico che portava dei libri, letti e spiegati da Gina. Il tempo passato a scuola, il freddo e le giornate corte non permettevano di stare all'aperto o in solaio a lungo e quindi Giovanni, Giuseppe ed Enrico spesso si ritrovavano nella stalla a giocare con le bocce di legno del dottore.

Per Natale ebbero dei mandarini e un maglione nuovo a testa. Loro avrebbero preferito qualcos'altro, ma certamente Gesù Bambino aveva ritenuto più saggio portare loro dei maglioni. Anche questi però erano di lana pungente, sembrava il pelo delle capre e un nuovo maglione grattugiava sempre di più.

Sul finire dell'anno la neve aveva dato una tregua, cadeva meno intensa e in qualche giornata soleggiata sembrava sciogliersi un pochino.
Nonostante le SS di notte svegliassero tutto il paese perquisendo le case in cerca di collaboratori e partigiani, tra la gente aleggiava un'aria nuova, sentore di una svolta.

A gennaio, le strade erano lastre di ghiaccio e i nuovi maglioni non li riparavano abbastanza.

Per scaldarsi meglio, in casa mettevano una coperta militare sulle spalle, portata da Attilio da chissà dove. Non uscivano mai con quella coperta poteva dare l'impressione di aiutare i ribelli. Ogni cosa appena fuori dell'ordinario era un rischio.

Scivolare con gli zoccoli sulle pozze di ghiaccio era uno dei passatempi invernali più divertenti, vinceva chi riusciva a stare per più tempo in equilibrio senza cadere, tutti assumevano posizioni rocambolesche e innaturali. Se c'era la neve, all'uscita da scuola era d'obbligo la battaglia a palle di neve, si smetteva solo quando si era troppo fradici e gelati, con le dita blu. Appena tornati a casa, come prima cosa, si tentava di riscaldare le mani congelate lavandole con l'acqua calda della vaschetta della stufa: una vera tortura.

Il cibo era peggiorato ancora, la minestra preparata da Evelina era acqua calda salata con una carota, una patata e cinque maccheroni che galleggiavano. Doveva bastare per tutti anche se era impossibile chiamarla minestra, ma almeno scaldava. Anche quella delle sorelle Prella era diventata più fluida.

Le razioni erano ancora diminuite e la tessera non bastava per una famiglia di quattro persone. Nessuno in casa si lamentava, quella vita di fame la facevano proprio tutti e tutti si arrangiavano come potevano. Il mercato nero era irraggiungibile, chiedevano cifre impossibili e quel poco che avevano, era spesso razziato dai tedeschi durante le perquisizioni.

Continuava la storia del sale, possedere del sale era pericoloso. Loro avevano sempre il sale, nascosto nel solito posto nella stufa. Anche i partigiani venivano a prendersi una parte di cibo, qualcosa la gente non gli negava mai, così la fame aumentava ancora di più. E poi era inverno, d'estate, qualcosa da mettere sotto i denti, si trovava sempre.

Giovanni e Giuseppe, nonostante le giornate brevi, andavano al fiume dopo la scuola, là avevano messo trappole. Trappole per uccelli, per scoiattoli e per talpe. Si erano ridotti a mangiarli, anche se con orrore. Cercavano anche di venderne le pelli. Ora però non compravano più le caramelle dal droghiere, davano quelle poche lire alla mamma per comprare la farina.
Le trappole però erano spesso vuote, così anche le fionde erano diventate strumenti di caccia. I merli e i passeri erano i più facili da prendere. Giuseppe era un vero cecchino, la sua mira era infallibile. Erano dispiaciuti, ma la fame era troppa.
Da qualche tempo neanche il macellaio si lasciava più fregare la salciccia. Chi era fortunato aveva conigli e polli ed era anche fortunato se non glieli requisivano i partigiani. Loro però al contrario dei tedeschi lasciavano un buono di confisca, risarcimento dopo la guerra. Chi controllava questa contabilità? Giovanni se lo chiedeva spesso.

Ricordavano con piacere che nella passata estate erano riusciti a prendere una lepre. Ne ricordava ancora il sapore insieme alle patate. Anche se faceva caldo la mamma aveva ordinato di andare a raccogliere legna in quantità e la stufa era andata tutto il giorno, il forno non era una potenza, ma aveva permesso di ottenere una cena da re.

Dal punto di vista del latte invece, si sentivano fortunati, avevano due capre. Il latte che bevevano era buono, anche se scarso perché le poverette erano mal nutrite come tutti gli abitanti a due zampe.

La famiglia di Manuia non aveva capre, comprava il latte dal lattaio, "Mario al bianc" che oltre che essere albino e quindi tutto bianco, portava sempre il grembiule da lattaio bianco corredato da relativo cappellino, in stile fascista, ma bianco.

Manuia affermava che il lattaio rimestava in continuazione il latte nel suo pentolone, prima di servirlo «Per mischiare la panna.» diceva. In realtà della panna neanche l'ombra. Il suo latte era in prevalenza acqua e borotalco, dal sapore discutibile. La mamma di Manuia non se la sentiva di attaccare briga con il lattaio, smise semplicemente di comprarlo ai suoi figli, quelle poche volte che se lo poteva permettere. Evelina presa da compassione, ogni tanto le passava una tazza di latte delle loro capre.

Giovanni pensava che queste disavventure erano disperate e allo stesso tempo comiche. Tutti erano veramente ridotti male e dovevano anche stare a guardare il capo di tutti che pranzava in vetrina all'Europa con la sua bella.

Il capo di tutti era goloso dei cosciotti delle rane e il ristorante era rifornito da Giuseppe e Giovanni durante la bella stagione. Pensavano che il cuoco dell'Albergo Europa avvisasse Hesse quando c'erano rane perché non mancava mai l'appuntamento.

Una volta però, il capo di tutti apprezzò le rane in modo diverso.

Giovanni e Giuseppe avevano appena raccolto un bel sacco di rane dalle pozze d'acqua ferma dell'Orco. Il gracchiare incessante li aveva guidati. Per attirarle e acchiapparle, al buio avevano acceso una rudimentale torcia, un ramo con uno straccio avvolto e imbevuto di benzina, fregata alle moto dei tedeschi.

Ogni volta, il sacco di tela pieno di rane, doveva essere portato sul retro dell'albergo, all'ingresso delle cucine, dove il cuoco li accoglieva con un grande sorriso e gli dava una Lira per una ventina di rane.

Era veramente tanto, con mezza lira si entrava al cinema, quindi con una lira andavano al cinema tutti e due. Se la stagione era favorevole, riuscivano a comprare caramelle, andare al cinema e anche a dare qualche soldo alla mamma. Quella fatidica sera il capo di tutti stava cenando con la sua bella e Giuseppe lo vide dalla vetrina. Sorrise ed entrò nel salone con il sacco in mano. Giovanni non ebbe il tempo di fermarlo, rimase dai vetri terrorizzato. Questa volta c'erano trentadue rane nel sacco.

Giuseppe arrivò a pochi passi dal tavolo di Hesse e della bionda e lasciò cadere il sacco. Le rane schizzarono fuori in tutte le direzioni, tra le urla stizzite della bionda e dei pochi altri clienti. Lo sguardo furente del capo di tutti fulminò il bambino mentre chiamava a gran voce il cameriere.

Accorse invece il cuoco che sbiancò e prese Giuseppe per il colletto della camicia e lo cacciò fuori, mentre si prodigava in mille scuse con il capo di tutti. La bionda urlava ancora e le rane saltavano.

Appena Giuseppe fu fuori, diede uno spintone al fratello, imbalsamato e appiccicato alla vetrina. Corsero via veloci come il vento, non recuperarono nemmeno il sacco di tela.

Attraversarono la piazza e iniziarono a ridere, senza più fermarsi. La scena era valsa più dei soldi non incassati.

Giovanni non seppe mai da suo fratello se l'azione fu premeditata oppure no, ma di fronte a Hesse e al cuoco tenne un'angelica espressione, sembrava un bambino innocente, per nulla smaliziato. Per questo "intoppo" nella consegna, il rifornimento di rane all'albergo fu sospeso per quasi un mese.

L'inverno volgeva al termine. La vita scorreva tra scuola, quando non era interrotta, e lavori a casa che Attilio affidava ai figli.
Il tempo per giocare non mancava, ma si era ridotto, tra badare alle capre, raccogliere la legna e cercare qualcosa da mettere sotto i denti.

Durante una giornata di pascolo sotto il Malgrà, l'attenzione di Giuseppe era tutta rivolta alle mura del castello invece che alle capre. Le mura sud erano pendenti e piene di sporgenze, permettevano un'arrampicata abbastanza agevole. Giovanni stava richiamando le capre e non si accorse che il fratello aveva iniziato la scalata. Quando se ne accorse, quell'incosciente era ormai oltre la metà, più vicino ai merli che al terreno.

«Giuseppe, scendi subito di lì, guarda che cadi, scendi dobbiamo spostarci con le capre. Cosa vuoi fare?» urlò Giovanni.
Nessuna risposta.
«Mi hai sentito? Scendi!»
Ma Giuseppe aveva ormai raggiunto la cima e stava scavalcando tra un merlo e l'altro.
Giovanni a bocca aperta con un occhio ai merli e uno alle capre, urlava «Dove sei sparito? Ehi, ascoltami.»
Giuseppe riapparse poco più in là, tra i merli, sventolando la mano
«C'è un bel giardino e una fontana e i sentierini di ghiaia.»
«Adesso scen... di.» ma era di nuovo sparito.

Trascorsero parecchi minuti. Da sotto le mura era impossibile sapere cosa succedeva all'interno e non poteva perdere di vista le capre.

Che fine ha fatto mio fratello?

Giovanni scorrazzava avanti e indietro, risalendo la stradina tra gli alberi avvicinandosi all'ingresso principale sull'altro lato, quello con il ponte levatoio. Di suo fratello neanche l'ombra. Era agitato. Le capre lo seguivano con salti frenetici rispondendo ai suoi fischi di richiamo.

Se esce intero gliene dico quattro, poi però mi deve dire tutto del castello.

Ormai aveva raggiunto il ponte levatoio. Era lì, in piedi di fronte al portone con due capre al seguito e non sapeva cosa fare. Poi il pesante portone di legno si aprì: non era suo fratello, era la castellana. La contessa vestita con un lungo abito di velluto cremisi, lo chiamò e lo invitò ad entrare.

«Lega le capre alla balaustra del ponte.» disse gentilmente.

Adesso siamo nei guai! Guai grossi e sempre per colpa di mio fratello!

Pensava già alle pedate nel sedere che il papà gli avrebbe dato.

«Ho già conosciuto tuo fratello, mi farebbe piacere conoscere anche te, vieni non avere paura, non ho mai mangiato nessuno, lui è Giuseppe, tu sei? »

«Sono Giovanni.» disse timidamente con lo sguardo verso il basso, mentre varcava il portone.

«Vieni andiamo a raggiungere tuo fratello, l'ho lasciato nel mio salone. Dai vieni, non essere timido, non sono la strega che dicono in paese.»

Mentre il portone borchiato si era chiuso dietro di loro, Giovanni diceva di sì in silenzio, tutta la sua baldanza era sparita e non se ne capacitava. Prese la mano tesa della contessa, attraversò con lei un cortile interno fatto di sentierini di ghiaia, aiuole e merli ad altezza uomo, dovevano essere sul lato scalato da suo fratello, fino a raggiungere una piccola porta a sesto acuto nella quale entrarono.

«Eccolo là tuo fratello, seduto sul mio divano, vai a sederti anche tu.»

Giovanni sorrise alla contessa e raggiunse il fratello, seduto composto per una volta, su un bel divano di velluto rosso di fronte a un camino acceso. Il salone era molto grande con un pavimento di legno che scricchiolava con suoni pieni e tondi al passaggio, illuminato da finestre con vetri colorati verdi e rossi, quelle che vedevano mentre pascolavano le capre. Completavano la stanza sedie importanti, due tavoli, uno con dei libri sopra e l'altro con delle fotografie in cornice e un paio di tappeti rossi con ghirigori simili al tappeto che avevano visto nella stanza della superiora a scuola, ma più belli.

Non sembrava un interrogatorio e nemmeno sembrava che la contessa stesse per fargli una ramanzina. A Giovanni ricordava un po' Gina, anche se aveva gli occhi azzurri ed era molto più elegante, sembrava simpatica e dolce. La contessa si sedette sul gradino del camino, di fronte a loro, proprio come una vecchia amica: «Allora ragazzi, se volete venire a trovarmi, usate la porta, non scalate più le mura è pericoloso! Immagino dovrei chiedervi chi sono il vostro papà e la vostra mamma, per dirgli di questa bella impresa, ma temo che non sarebbero d'accordo, giusto?»

«Veramente papà ci punirebbe.» disse Giuseppe con un mezzo sorriso.

«Sì, lo penso anch'io e ve lo meritereste, piccoli insolenti, ma dove la mettiamo l'avventura e l'emozione? Va bene, va bene, vi sgrido e per questa volta ci teniamo il segreto per noi, in nome dell'avventura, ma mi promettete che non lo farete più, vero?»

«Sì, promettiamo, grazie, non scaliamo più le mura!» disse prontamente Giuseppe.

«Grazie, se veniamo ancora a trovarla passiamo dalla porta e se veniamo possiamo vedere quei libri là?» chiese Giovanni.

«Ma certo caro, venite quando volete, ma dalla porta.» disse ridendo, «Adesso passiamo a questioni più importanti. Sapete che qui di fronte al castello c'è la mia fattoria, andate dal fattore, si chiama Mario e ditegli che vi mando io. Anzi no, meglio che vi faccio accompagnare dalla mia cuoca, altrimenti non vi crede, così vi spenna una gallina e la portate a casa alla mamma.»

«Ma... » disse Giovanni guardando il fratello che aveva occhi sgranati tra il terrorizzato e il felice.

«Oh avanti, avrete sicuramente fame, poi di galline, polli e galli ce ne sono tanti ed è meglio che ve ne dia uno io, tanto qualcuno sparisce sempre.»

Erano increduli, si guardavano aspettando il peggio, sicuramente la contessa sapeva che loro e gli altri della banda fregavano le galline dalla sua cascina di fronte al castello.

«Dai non fate quelle facce, lo so che ogni tanto prendete una gallina, mi diverto troppo a vedervi strisciare per il prato, tirare con la fionda da dietro il pino grande per non farvi scoprire da Mario e vedervi saltare come matti quando prendete le beccate dal gallo bianco!»

195

La contessa rideva forte, mentre accarezzava i capelli di Giovanni.

«Ci scusi signora contessa, lo abbiamo fatto solo due volte.» disse Giovanni.

«Oh non importa, tanto ci hanno pensato anche altri. Comunque se avete bisogno di me, adesso che ci conosciamo, potete chiedere, gli amici si aiutano. Allora, andiamo in cucina, venite.»

Seguendola a ruota Giovanni fece scivolare la mano nella sua e chiese: «Contessa come ti chiami?»

Stringendo forte la mano del bambino lei sorrise e disse «Virginia Adelaide, solo Virginia per gli amici.»

Raggiunsero una scala di legno al fondo del salone, una scala semplice e disadorna che collegava il salone con un passaggio lungo con tante finestre, un corridoio che portava a una porta dalla quale uscivano tanti buoni odori. Era la cucina e c'era la cuoca.

«Allora cara, per favore sfamami questi ragazzi e poi dagli del pane da portare a casa. Scusate, in passato avrei fatto di meglio, ma questi sono tempi duri, oggi non c'è molto, cerco di aiutare gli altri più che posso. E poi accompagnali da Mario, deve preparare una gallina per la loro mamma.»

«Grazie, pane bianco!» disse Giovanni seguito dal cenno del capo di suo fratello «Ma gli altri che aiuti sono i partigiani, o solo la gente come noi?»

«Perspicace!» disse sgranando gli occhi la contessa. «No, caro non è necessario che dai una gomitata a tuo fratello.» commentò rivolta a Giuseppe. Accarezzò Giovanni e sottovoce aggiunse «Aiuto tutti, ma non si deve sapere, capito? Adesso mangiate e poi andate, la strada la conoscete e... ah! Non scendete giù dalle mura!» Con un gran sorriso scomparve dalla cucina.

Quello era senz'altro stato l'incontro più strampalato e inaspettato, ma erano entrambi ammirati e anche un po' invidiosi di quella donna senza conte, che aveva la stessa forza di Gina.

«E' così che dovremmo vivere, con una casa grande e calda, con il pane bianco sul tavolo, ce lo meritiamo io e te, se lo merita la mamma!» disse Giovanni al fratello.
«Tutti dovrebbero vivere così, tranquilli senza fame e senza tedeschi, come la castellana.» disse la cuoca mentre attraversava il prato davanti a loro «Venite andiamo in cascina da Mario.»
«Grazie signora cuoca, non rubiamo più le sue galline!» disse Giuseppe.
«E prometti che non vai più sui muri, altrimenti la prossima volta Virginia lo dice a papà.» aggiunse Giovanni.
«Forza andiamo che ho tante cose da fare e poi le galline non sono mie e nemmeno il castello! Ed è meglio che la chiamate Contessa anche se è stata brava con voi!» li zittì la cuoca con sguardo torvo.
Giuseppe fece segno al fratello di stare zitto, era meglio non sfidare oltre la sorte. Fecero spallucce e seguirono la cuoca, quella sera gallina al forno!

A Febbraio accadde un fatto che lasciò un segno molto profondo nei monelli, più della guerra. Quando incontravano all'Orco la banda di Feletto, erano botte, ma non negli ultimi tempi. Erano tutti troppo segnati dalla guerra per farsela anche tra di loro, si tolleravano.

L'unico non tollerato da entrambe le parti era uno spilungone della banda di Feletto che voleva sempre saperla più lunga degli altri e sosteneva di avere un coraggio pari a nessun altro.

Lo spilungone un pomeriggio, li sfidò tutti, disse che lui non sarebbe morto toccando i fili dell'unico palo dell'alta tensione, proprio come i passeri.

Entrambe le bande cercarono di farlo desistere dal proposito di salire sull'unico traliccio lungo il corso dell'Orco, ma non ci fu nulla da fare. Gridarono fino alla fine nella speranza di fargli cambiare idea. Appena lo spilungone raggiunse la cima del palo, allungò il braccio verso i fili e cadde in terra con un gran balzo, un lampo blu e neanche un grido. Fulminato. Era morto. Era morto con la mano bruciata e i capelli dritti, gli occhi sbarrati e i denti serrati in una smorfia. La gamba piegata in modo innaturale. La banda di via Palestro scappò via, non volevano saperne oltre. Se la sarebbero vista quelli di Feletto.

La notizia presto rimbalzò di bocca in bocca e Attilio li interrogò. Loro non erano presenti, non potevano sapere nulla. Giovanni era sicuro che non se l'era bevuta, ma non aveva indagato oltre.
Avevano dovuto sorbirsi più di mezz'ora di predica, sempre la stessa tiritera, Attilio era certo che non la avrebbero imparata mai.
Forse a causa di questo incidente, forse per le sue origini benestanti, Attilio decise che il figlio maggiore doveva imparare a suonare il violino. Un modo per provare a tenerli lontani dai guai. Il violino lo trovò a Torino, ma era troppo caro, così portò a casa un mandolino. Il valore educativo sarebbe stato lo stesso disse, quando si presentò con lo strumento e lo esibì alla moglie e ai figli.

Il maestro di musica del paese, promise ad Attilio di dare in poche lezioni i fondamenti a Giuseppe. Il tutto gratis. Era un uomo generoso che voleva bene ai bambini. Giuseppe imparò presto, aveva talento e si divertiva, suonava molti motivi a orecchio. La sera, dopo cena, il padre voleva sentirlo suonare per controllare i progressi.

Era la prima volta che Giovanni non li vedeva in attrito. Suo fratello, in effetti, per un certo periodo combinò meno guai. Il papà aveva visto lungo.

A fine febbraio sembrava proprio che la guerra dovesse finire, ma non finiva.

Qualche volta la domenica, al cinema dell'oratorio proiettavano gratis un film. Giovanni e Giuseppe arrivavano a film già iniziato in modo che il padre, seduto nelle prime file, non potesse vederli. Scappavano a casa prima della fine per non essere sgridati. Quei film senza finale lasciavano un po' di amaro in bocca, ma era sempre meglio che prenderle di santa ragione per essere andati in giro senza permesso. La domenica pomeriggio la mamma andava nella stalla a lavorare e li lasciava liberi, con l'unica condizione di tornare prima del babbo, che li credeva nella loro camera.

Al ritorno, ipotizzavano il finale. Il più logico, il più fantasioso, il più impossibile, quello che faceva più ridere. Quella domenica, dall'ultima fila, videro un pezzo di "Sempre nei guai" con Stanlio e Olio. Risero tanto.

Sui muri sempre più spesso apparivano manifesti che avvisavano della fucilazione o dell'impiccagione di Tizio o Caio per banditismo, per aver ordinato l'assassinio di prigionieri tedeschi o per altri motivi. Anche le proteste della popolazione passavano per i muri. Non potendo manifestare alla luce del sole, la popolazione lo faceva in modo anonimo sui muri che però erano letti da tutti, anche dai tedeschi.

BASTA COL FASCISMO!!!
VOGLIAMO PANE, PACE E LIBERTA'!!

Anche le risposte dei tedeschi arrivavano sui muri, dove tutti le potevano leggere. Il capo di tutti aveva rinunciato a grandi comizi sulla pubblica piazza, forse aveva paura di essere ammazzato.

> **ITALIANI!**
> Premio di **Lit. 1.800** per ogni prigioniero anglo-americano
> consegnato ai militari tedeschi.
> Il premio sarà pagato dal reparto stesso,
> dove venga consegnato il prigioniero.

Botta e risposta venivano lette e commentate da grandi e piccini. Giovanni afferrava che si parlava di politica spicciola, ma per lui era incomprensibile e lo sembrava anche per la maggior parte dei grandi, viste le risposte assurde che volavano. Una cosa era certa: tutti non ce la facevano più ad avere i tedeschi tra i piedi e tutti speravano finisse la guerra.

Di Vento e dei suoi fedelissimi, arrivavano ormai pochissime notizie. Gina si lasciava sfuggire poco o niente, tutti sapevano solo che erano molto presi per dare il colpo di grazia ai tedeschi e aspettavano ansiosi che succedesse. Facevano avanti e indietro dalla Francia a prendere armi per portarle nelle vallate canavesane per combattere. Molti erano morti a causa del gelo notturno e Gina era davvero preoccupata. Facevano lunghi giri per evitare i tedeschi che occupavano quasi tutti i paesi. Gina diceva che lei e altre donne preparavano cestini di cibo da portare in bicicletta a un punto convenuto, per dare la possibilità a Vento di organizzare punti di ristoro e rifornimento in tutta la vallata. Se Gina veniva fermata, aveva sempre qualche vecchietta che collaborava disposta a dichiarare che era diretta da lei con i viveri.

Giovanni aveva visto che Gina aveva ripreso a pedalare verso Argentera, forse la cascina abbandonata era nuovamente utilizzata. Nel suo bighellonare per la via e la piazza lui e la banda avevano visto un partigiano, passato dalla stalla, arrestato dai tedeschi. L'agitazione stravolse sua madre e le altre donne, si sentivano in pericolo. Dopo soli due giorni il partigiano era già libero, lo avevano scambiato con un tedesco sul ponte dell'Orco. Il partigiano non aveva parlato, qualcuno aveva informato le donne che i tedeschi non sapevano, del resto se lo avessero saputo, sarebbero arrivati subito. L'attività nella stalla fu comunque sospesa.

Attilio non rinunciava ad ascoltare Radio Londra, esultava nel sentire notizie finalmente più positive. L'attesa per la fine del conflitto diventava sempre più palpabile, la gente era impaziente, il fermento nella via diventava brusio sempre più forte.

Anche Giovanni e Giuseppe potevano seguire Radio Londra, non venivano più mandati a dormire all'inizio o a metà delle trasmissioni.

Verso la fine di marzo un gruppo di aerei in volo compatto passarono su Rivarolo, abbastanza alti da non poter essere raggiunti dalla contraerea. Le sirene avevano suonato e tutti erano andati all'Orco. Non era successo niente.

Più tardi girò voce che erano aerei inglesi: avevano mitragliato camion tedeschi vicino a Feletto.

Intorno al 10 aprile non c'era più spazio per i giochi, Attilio teneva a freno i figli. Sembrava dovesse succedere qualcosa di tremendo ogni istante. Giovanni e Giuseppe riuscivano a sfuggire solo per brevi periodi al suo controllo e potevano scappare solo attraverso i solai. Non potevano nemmeno andare nella cucina delle sorelle Prella, l'Orco era proibito e le partite a pallone nella via rimandate. Non usciva quasi nessuno. Sembravano lontani i tempi in cui osservavano Hesse appena arrivato che si pavoneggiava per le vie del paese. La vista dalla finestra sul solaio era sempre la stessa. Anche i visi erano gli stessi anche se più magri e sciupati. Gli alberi, indifferenti, mettevano le prime foglie verdi. Proprio quel verde chiaro che piaceva a Giovanni. Passeri, merli e gazze ripetevano stagione dopo stagione le loro attività. Osservare dall'alto però in quel momento non era così divertente.

Nel nascondiglio di Gina e Duilio, certo di non trovare nulla, con sua sorpresa trovò invece due nuovi foglietti, piccoli e stropicciati. Lui e suo fratello li lessero con avidità, ma non si posero domande come le altre volte, non ne parlarono e li nascosero di nuovo subito.
Giocarono in silenzio con Gatta, capirono che la liberazione era vicina e capirono che le restrizioni imposte dal padre non erano punizioni, ma protezione e affetto.

3 marzo 1945 – Lettera a Vento

Caro Vento,
Abbiamo avuto visite che mi sa dureranno ancora per qualche giorno. Stiamo tutti bene ma ci hanno fregato:

tela kaki mt 120, lardo kg 14, lana kg 8, grasso kg 9, salumi kg 5. Era tutta la merce che avevamo nascosto nel pozzo della baita di naso rosso.
Hanno anche arrestato la vecchia proprietaria. Hanno scoperto che faceva dormire i prigionieri inglesi. Quelli della cascina più sotto devono aver fatto la spia. Fai attenzione. La popolazione è allo stremo qui nelle valli, esattamente come noi. Alcuni farebbero qualsiasi cosa per un po' di sale o di farina.
In montagna c'è ancora neve, ma in pianura sta diventando troppo pericoloso. Appena potete smantellate tutto.
Siamo quasi alla fine, teniamo duro.
Spero di rivederti presto e di festeggiare presto la vittoria contro il nemico. Il tuo amico Conte.

1 aprile 1945 - Nota a Gina

Armi ed esplosivi arrivano dalla Francia. Abbiamo fatto saltare diversi ponti. Anche la teleferica di servizio al rifugio G. è stata fatta saltare da Voulpòt. Saetta ha fatto saltare la polveriera di Front con un'azione audace e di successo e con solo 4 uomini ad aiutarlo.
La fine della guerra è vicina, gli alleati sono nella pianura padana, presto arriveranno anche qui da noi.
Non potrò più lasciarti altri messaggi. Saranno giorni molto duri quelli che andremo ad affrontare. Saranno i più rischiosi di tutti.
Spero di rivederti. Ricordati quello che ci siamo detti. Se non torno, pensa che io e gli altri ce ne siamo andati per un buon motivo. Se non torno ti prego di raccontare tutto a mia madre. In questo caso lascerei anche a te il compito di dire due parole a quella peste di Giovanni e a tutti gli altri della banda. Spiegagli i nostri ideali, dagli un esempio da seguire per crescere.

E ricordati di tutte le requisizioni in denaro e in natura che abbiamo segnato. In qualche modo dovremo cercare di restituirle. Soprattutto quelle in natura, abbiamo preso anche dalla povera gente.
Ti manda un saluto anche Saetta. Lui ha finito anche i suoi risparmi personali pur di riuscire a sistemare tutti gli sbandati. Nel caso non torni anche lui, racconta tutto a sua madre.
Tuo Vento.
P.S. Brucia questa nota, non tenerla, ma tanto so già che non lo farai.

Nei giorni successivi fu difficile capire cosa stava succedendo, Attilio impose di stare in casa, lui invece di tanto in tanto usciva e portava a casa notizie da raccontare alla moglie e ai figli.

«Il calzolaio mi ha detto che i partigiani hanno un cannone nascosto all'Argentera e che sono riusciti ad impedire l'ammasso del bestiame il 12 aprile. Radio Londra ha detto che dalla Francia arrivano ottime notizie e la guerra sta per finire. Questa è la volta buona! I posti di blocco in Canavese, sembrano essere proprietà dei partigiani e Gina ha detto che i tedeschi stanno scappando dalla caserma di Cuorgné.»
«E da qui quando se ne vanno, eh papà?» chiese Giovanni
«Presto, speriamo presto. Ma non possiamo andare in giro, mi sa che spareranno, avete capito?» disse serio rivolto ai figli.
Come facesse il padre a portare a casa quelle poche notizie sembrava ai figli un miracolo.

Il 18 aprile permise alla famiglia di uscire nella via nel pomeriggio, sembrava un momento di calma.

Quasi tutti erano usciti, prima timidamente, poi più spavaldamente. I soliti che si radunavano e che non avevano paura di farsi vedere mentre chiacchieravano insieme, parlavano di sciopero generale pre-insurrezionale e tutta la via li circondò, adulti e bambini.

A Torino, quel mattino, gli operai avevano lasciato gli stabilimenti. I treni si erano fermati. Stava suscitando una certa ilarità il fatto che nella stazione di Rivarolo i fascisti avevano cercato di rimettere in moto i treni, ma non ne erano stati capaci. Non li sapevano guidare! Gli impiegati del Comune non avevano lavorato e tutti i negozi di Rivarolo erano chiusi, anche il negozio del papà di Gina, del calzolaio e del macellaio.
Sembrava davvero che i partigiani stessero cacciando via i fascisti da ogni angolo. Rimasero fuori per il resto della giornata, tra la via e la piazza, mai spingendosi oltre.
Quel pomeriggio attraversarono il paese a tutta velocità due camion carichi di partigiani e la gente festante urlò dalla via e dalla piazza. I tedeschi non si vedevano, sembravano spariti.

Il 21 aprile, sabato, appena albeggiò, Attilio piombò in camera dei figli e sbarrò le finestre, le chiuse bene, con particolare cura e fece lo stesso con il resto della casa. Andò nella stalla e rifocillò le capre e chiuse bene anche quella porta, poi radunò la sua famiglia in cucina che fino ad allora gli era corsa dietro facendo mille domande e senza ottenere risposta.
«Nei prossimi giorni spareranno e tanto: noi rimarremo in cucina e non ci muoveremo. Andremo a dormire di sopra, ma vestiti, pronti per scappare se bisogna.»

Il giorno successivo il Comando Repubblicano, con un ultimo sussulto di autorità, vietò gli assembramenti superiori a quattro persone e vietò anche di circolare in bicicletta.

I tedeschi passavano a bordo di moto e camionette, urlando i nuovi ordini, tutti ascoltavano per paura di rappresaglie.

Attilio attorniato da moglie e figli commentava che forse era la volta buona. Sentiva che quelle erano le ultime minacce, urlate più che altro per spaventare, le ultime armi rimaste ai tedeschi.

Nei tre giorni antecedenti il 25 aprile 1945, Attilio disse: «Radio Londra dice che gli americani e gli inglesi stanno per arrivare a Torino. Se iniziano a sparare, non usciremo finché non sentiremo più niente.»

Ammutoliti i figli non avevano mai visto parlare così seriamente il padre ed eseguirono tutti i suoi ordini alla lettera, senza farselo ripetere. Sbarrarono di nuovo tutte le porte e chiusero le capre nella stalla. Il padre uscì a comprare qualcosa da mangiare per i giorni a venire, altri fecero lo stesso. Il droghiere aiutò tutti e annotò i debiti sul suo libricino. Ormai la merce in negozio era veramente poca. Nel pomeriggio andò a raccogliere erba per le capre e mise nella stalla un mucchio d'erba esagerato, non era sicuro di riuscire a sfamarle nei giorni a venire. Giovanni e Giuseppe capirono la gravità della situazione perché le capre erano sempre state compito loro.

Nei giorni a seguire spari e scoppi non smettevano mai impedendo il sonno e aumentando la curiosità su cosa succedeva fuori. Nonostante i colpi fossero vicini come mai lo erano stati, la paura era più controllata. Attilio faceva recitare il suo Salve Regina anche ai figli.

Il 26 aprile il ton-ton di Radio Londra disse che la folla stava invadendo le strade, non si lavorava, le finestre e i balconi erano imbandierati.

A Rivarolo invece nessuno usciva ancora e non si vedevano bandiere sventolare. I tedeschi c'erano ancora? Quando sarebbero stati liberi anche qui? Attilio diceva fiducioso che i partigiani stavano conquistando il Canavese, le sparatorie e i botti ne erano la prova.

Chissà le capre?

Attilio in una breve pausa, poco prima del coprifuoco mise il naso fuori dal portone. Il calzolaio stava facendo lo stesso. Sparì per poco meno di una mezz'ora. Era andato dalle capre, aveva portato altra erba, stavano bene, ma non c'erano nuove notizie. Portò anche qualcosa da mangiare, era andato dal droghiere.

Il 27 aprile Radio Milano Libera annunciò che Mussolini era stato catturato. A Torino imperversano violenti i combattimenti tra tedeschi, fascisti e partigiani.

«A Rivarolo il presidio tedesco resiste ancora!» diceva il padre battendo un pugno sul tavolo. «Non se ne sono ancora andati! Sentite però che trambusto, vanno e vengono con i camion, ma non sparano.»

Attilio ne approfittò: passò per i solai e andò dal papà di Gina, direttamente a casa sua, nella cucina sul cortile, sul retro del negozio. Dal negozio spiavano il via vai di tedeschi, nessun partigiano in vista, nessuno sparo e nemmeno nuove notizie. A parte il gran movimento, non si capiva cosa stava succedendo.

Il 28 aprile Radio Milano Libera annunciò che Torino era quasi completamente liberata.

«Il presidio tedesco di Rivarolo sta per essere sconfitto, sentite come sparano adesso!» diceva Attilio ai figli e alla moglie zitti e terrorizzati. La radio era l'unico contatto con l'esterno ed era sempre accesa, con il volume basso.

«Dormiamo vestiti, qui in cucina, portiamo giù un materasso, così se dobbiamo scappare facciamo prima, anzi no, se sparano tanto, stare sotto è troppo pericoloso, meglio che continuiamo a dormire su, ma vestiti e non chiudiamo a chiave la vostra porta.» ordinò il capofamiglia.

Dove avrebbero dovuto scappare in mezzo a quell'inferno, anche con la porta aperta? Giovanni non osava chiederlo.

Da quel momento non uscirono più, la guerra era per le vie di Rivarolo. Udivano mitragliate o singoli colpi centrare i muri delle case. In cucina, riparata e poco esposta, si sentivano abbastanza al sicuro. La porta sul cortile non presentava un grande rischio e quella sulla strada era stata sbarrata con la credenza. Per uscire ora potevano passare solo dal cortile.

30 aprile. Radio Milano Libera aveva annunciato che era finito l'oscuramento.

Ma a cosa serve se non possiamo uscire?

Giovanni attendeva come tutti gli altri.

2 maggio. Erano ormai quattro giorni di seguito che non uscivano di casa e le provviste erano quasi finite.

Un filo di luce entra dalla porta. Che ore saranno? È presto? Non si sente sparare. Questa notte a un certo punto non hanno più sparato, è lì che ci siamo addormentati.

«Giuseppe, svegliati, scendiamo in cucina.» esortò il fratello, scuotendolo per le spalle, ma ottenendo come risposta soltanto un grugnito. La porta era aperta, potevano andare al piano di sotto senza aspettare, sembrava la loro piccola liberazione, anche se in sostanza, non era cambiato nulla. Visto quanto sparavano fuori non avevano neanche pensato di scappare attraverso i solai. Il padre era già in cucina e Giovanni lo salutò, lui non ricambiò il sorriso ma disse: «Anche questa settimana non uscite, il papà di Gina mi ha detto che sarà peggio. Lo so che avete ascoltato, e non siete usciti, ma lo ripeto perché è ancora più pericoloso. Dillo a tuo fratello. Per nessun motivo. Questa settimana spareranno tanto di più.»

Il suo tono non era arrabbiato come quando ne combinavano qualcuna, era preoccupato, sembrava che la famosa svolta che aspettavano stesse arrivando.
«Papà sta per finire la guerra?» aveva domandato speranzoso Giovanni.
«Sì, è così. Dovete crederci. E spareranno tanto. Non dobbiamo uscire di casa.»
«Torno di sopra con Giuseppe.»
«Vai, torna a dormire.»
Ma di dormire proprio non se ne parlava, Giovanni scese dal letto e sbirciò fuori dalla finestra tra una riga e l'altra delle imposte. Nulla, troppo calmo. Poi all'improvviso qualcuno stava correndo, ma nessuno sparo.
Passò un tempo indefinibile. Sdraiato nel letto, alla finestra, saltellando per la camera. Suo fratello dormiva sempre.

Uffa, che barba, mi annoio.

Il sole era ormai alto, meglio scendere. Gli sembrava di aver sentito le voci di suo padre e di sua madre in cucina.

Scese la scala, la solita scala dai gradini di pietra. La porta della cucina era aperta e il portone che dava sulla via chiuso.

«Mamma, papà?» sussurrò. I vicini erano rintanati nelle loro case e non si sentivano spari.

Il portone si aprì dall'esterno. Attilio stava rientrando seguito dalla moglie.

Dov'è andato? Adesso mi sgrida, non sono rimasto in camera. Ma c'è anche la mamma. Dove sono andati? Allora le voci vengono dalla strada non dalla cucina.

Li raggiunse e li guardò in modo interrogativo, non sapendo cosa aspettarsi.

«Se ne sono andati, i tedeschi se ne sono andati!» gli disse sua madre con slancio.

Giovanni corse su per le scale, doveva svegliare suo fratello e dirglielo subito.

«Svegliati, scendi, usciamo, i tedeschi se ne sono andati, i tedeschi se ne sono andati, andiamo a vedere! Corri!» urlò Giovanni.

Giuseppe di solito restio ad alzarsi, balzò giù dal letto, completamente sveglio «Andiamo!» la notizia era una bomba.

Si tuffarono giù per le scale. I suoi genitori erano già in strada come altri.

«E' finita?» domandava qualcuno.

Tutti avevano i visi sfatti dalla paura e dalla fame. Nessuno aveva più cibo e pazienza, erano rimasti chiusi in casa per quattro giorni consecutivi.

Il silenzio era surreale, interrotto solo dalle timide domande degli abitanti. Nonna Rosa camminava in punta di piedi, appoggiandosi al muro con la mano, quasi avesse paura di svegliare qualcuno. Anche gli altri sembravano camminare in punta di piedi. Paura e frustrazione stavano per abbandonarli? Tutti stavano andando verso la piazza, c'erano già altre persone.

Giovanni e Giuseppe corsero, seguirono l'esempio di altri monelli. Nessuno fu fermato dai grandi.

Correvano anche due soldati tedeschi, giovanissimi. Il fruttivendolo gli stava urlando. «Correte, andate via, i vostri se ne sono già andati.»

Erano due ragazzi, non due soldati, avevano l'età di Gina e Duilio e avevano l'aria impaurita, passarono davanti ai monelli. Li riconobbero: erano i due che stavano di guardia vicino alla stazione e manovravano i fari da puntare sugli aerei quando suonava l'allarme. Tutte le volte che Giovanni era passato vicino a loro, anche nei momenti in cui Hesse spadroneggiava, avevano sempre avuto quell'aria da ragazzini, non sembravano c'entrare niente con la guerra.

Tutti vagavano senza una meta, increduli, spaesati. Era finita?

Poi un fruscio. Un fruscio sempre più forte. Sguardi interrogativi. Un fruscio, era questo il rumore. Un fruscio regolare e cadenzato che aumentava di intensità. Arrivava dalla via centrale del paese, dalla stazione.

Erano soldati americani che camminavano in fila indiana. Erano tutti in silenzio, con gli zaini e il fucile sulle spalle. Erano loro il fruscio, erano i loro scarponi. Non erano chiodati come quelli dei tedeschi e dell'esercito italiano che tuonavano al passaggio. «Scarponi desert!» Il fruttivendolo era vicino i monelli.

211

«Viva gli americani!» qualcuno stava gridando. Il silenzio si trasformò in giubilo assordante. La fila di americani era lunghissima, sfilavano in silenzio e sorridevano alla popolazione. Attraversavano il paese in direzione Cuorgné. La gente ai lati delle strade stava diventando una folla. Tutti erano fuori, tutto il paese era fuori a guardare gli americani. I bambini in prima fila per vedere meglio.

Evelina era dietro a Giovanni e vicino a lei la moglie del calzolaio. Evelina carezzò il figlio sulla testa e disse rivolgendosi all'altra donna: «Abbiamo finito di lavorare nella stalla, niente più calzini o maglioni.»

Poi un rumore di sottofondo più intenso. Una colonna lunghissima di carri, carrette e veicoli vari entrava in paese, erano sempre soldati americani. «Se ne sono andati via i tedeschi!» urlava qualcuno. Fazzoletti sventolanti e visi sorridenti.

Un carro armato si era fermato proprio di fronte a Giovanni e suo fratello. Sulla sommità due soldati sorridenti. Erano giovani, ma non erano magri in viso. Uno era biondo con denti bianchissimi e lanciava cibo alla folla. Guardò Giovanni negli occhi e gli lanciò un quadrato di carta lucente. «Cioccolata!» disse al fratello vicino che gli mostrò un pacchetto appena afferrato «Biscotti!»

Continuavano a lanciare cibo. Giovanni seguiva il carro per afferrare altro cibo. «Ma quanto cibo hanno dentro quei carri?» gli chiese suo fratello, incredulo di fronte a tanto ben di Dio distribuito a tutti. Per Giovanni il sapore del cioccolato aveva il gusto della libertà.

212

Dopo il colore uniforme degli americani una macchia più scura stava arrivando in lontananza. Un gruppo che procedeva in fila, ma non era silente e organizzato come gli americani.

«I partigiani!» urlavano tutti. «I liberatori!»

«Sono tornati, i nostri sono tornati.»

Frastornato, Giovanni si faceva largo tra la folla gioiosa e urlante per vedere i partigiani. In cima al corteo c'era un parroco che marciava e portava la bandiera italiana.

«Il cappellano dei partigiani ha portato a casa la pelle.» stava dicendo qualcuno dietro di lui.

Poi li vide. Dietro al parroco, alla testa del corteo c'era Duilio con il fucile a tracolla che teneva per mano Gina. Lei era in tuta mimetica, scarponi, con il basco calato di traverso dal quale uscivano le onde dei suoi capelli, il fucile in mano. I suoi dolci occhi verdi e ridenti contrastavano con quel suo aspetto da combattente. Arrivarono vicino a loro. Duilio vide subito Giovanni. «Duilio!» urlò Giovanni. Duilio lo prese e se lo mise in spalla. «Ciao peste.» lo stava salutando come sempre, come tutte le altre volte che lo incontrava.

Stava sulle spalle di Duilio e camminava con i partigiani! Si rese conto della marea di persone in festa. La guerra era finita davvero. Gina lo stava guardando sempre imbracciando il suo fucile. Gina aveva appena visto suo padre. Il fruttivendolo corse ad abbracciare la figlia combattente tutto commosso. Giovanni non voleva più scendere dalle spalle di Duilio, provava una sensazione indescrivibile da lì.

Il tempo passò di nuovo dilatato e non misurabile. A sera rimase solo un senso di pace e di liberazione. A casa non c'era nulla. Non avevano cibo, non avevano niente, ma avevano riavuto la cosa più preziosa: la libertà. Ricordi indelebili di emozioni forti come il fruscio e la colonna di americani, il sapore della cioccolata. Ricordi sfocati del vociare continuo e festoso, della confusione, della folla.

Il sonno che tarda a venire e il padre che sorride, la porta della camera aperta. I raggi della luna sembrano più caldi. La stanchezza e la certezza di non doversi svegliare per scappare giù all'Orco, niente più allarmi anti-aerei. Prima di andare a dormire si erano anche ricordati che le capre non mangiavano da quattro giorni. Nella stalla avevano rosicchiato tutto il rosicchiabile: lo sgabello non aveva più le gambe, la mangiatoia e la porta di legno erano scavate, i tre barattoli di colore, non si sa bene come, erano aperti e si erano mangiate il colore. Uno era rosso. C'erano delle palline rosse in giro per la stalla.

Nei giorni che seguirono tutti si ritrovarono. Le madri ritrovarono i figli. I parroci ritrovarono il loro gregge. Sulla piazza si susseguivano funzioni religiose, civili, cortei e discorsi pubblici.

Solenni esequie dell'ultimo caduto, ammazzato dai tedeschi proprio il giorno prima dell'arrivo dei partigiani e degli americani.

Le messe venivano dette in piazza, e servivano anche per commemorare tutti coloro che la pelle non l'avevano riportata a casa. Giovanni molti di quei nomi li conosceva.

L'ex-fidanzata del capo di tutti si presentò con molto coraggio in piazza. Rimase in un angolo abbastanza in disparte, insieme alla sua famiglia. Giovanni in cima alla via con i genitori e il fratello, si accorse della loro presenza proprio per un'osservazione del padre «Quelli rischiano il linciaggio.»

Girandosi, l'aveva vista. Non portava più uno dei tanti vestiti sgargianti e nemmeno le labbra erano rosse. Il volto era cereo e

214

in testa portava un fazzoletto chiaro che copriva le onde bionde. Cercava di passare inosservata, in fondo era una vittima anche lei, tutte le attenzioni che le aveva riservato Hesse erano sparite con lui. Era stata un passatempo.

Duilio affiancava il sindaco nei discordi pubblici. Si parlava di libertà, di ricostruzione, del futuro. Giovanni, accanto al padre, ascoltava, rapito dal carisma di Duilio, anche se non afferrava tutto quello che diceva.
Fu colpito dal discorso che Duilio fece per chiudere l'attività del suo gruppo di partigiani. Era sulla piazza, in piedi su una sedia. Era il 13 maggio.

«Leggo a tutti voi questo proclama, scritto da me che mi chiamavo Vento e dal nostro fedele compagno Angelo che era Saetta. Questo è un addio e un grazie. Finalmente mettiamo la parola fine a tutti i nostri sforzi!
Partigiani del Canavese e delle valli di Lanzo!
La nostra impresa è finita. Dopo venti mesi di fatiche, sacrifici e pericoli abbiamo raggiunto il premio: la **libertà**. Abbiamo restituito al nostro paese, a tutti, la possibilità di vivere e lavorare senza umiliazioni e imposizioni, senza un padrone.
GL Giustizia e Libertà – Insorgere Risorgere, è stato e sarà sempre il nostro motto.
Gloria ai nostri caduti...»

Nella settimana dopo la liberazione, tutti avevano una libertà di movimento che quasi non ricordavano più, i monelli scorrazzavano da tutte le parti. Mentre erano al fiume ritornarono con il pensiero al proposito di rubare ai tedeschi. Ora i tedeschi erano scappati, cosa avevano lasciato nelle scuole? Non finirono di dirlo che già stavano correndo verso l'ex comando tedesco.

Esplorarono l'edificio. Al piano terra in un'aula, i banchi erano ammassati in un angolo per ospitare quello che sembrava un centralino.

Al piano superiore, solo due stanze erano state trasformate in camerate con file di letti. Era tutto in disordine, qualcuno aveva già preso alcuni materassi e le coperte militari.

Si diressero poi verso la palestra, avevano sentito dire che era un arsenale, piena zeppa di armi.

Tutto quello che trovarono fu una palestra vuota, a parte un mucchietto in un angolo.

«Bombe a mano tedesche! Io so come funzionano.» disse UCAS. Stupì tutti.

«Sembrano scatole di piselli, ma con un manico di legno.» disse Giuseppe.

«Prima di usarle bisogna togliere il manico, ma appena tolto il manico bisogna buttarle in fretta.» disse UCAS.

«E tu come lo sai?» chiese Giuseppe.

«Ho sentito mio papà che ne parlava con il fruttivendolo.»

«Prendiamone due a testa, non prendiamole tutte, poi scappiamo fuori!» disse Giuseppe.

«E poi dove le nascondiamo? E non dobbiamo farci vedere dai grandi.» intervenne Giovanni.

«Giusto! Ce l'ho io un posto, andiamo alla galleria del treno al castello!» disse UCAS mentre tutti stavano già correndo fuori.

La galleria del treno era perfetta, ai margini vi era spazio sufficiente, proprio nel tratto in cui il treno passava sotto il parco del castello Malgrà per proseguire poi attraverso il ponte sull'Orco in direzione di Castellamonte.

Dovevano ancora decidere come utilizzare il deposito segreto, concordarono però tutti di attendere qualche giorno prima di utilizzarle.

Il gran giorno arrivò. UCAS con aria da grande esperto, fece nascondere tutti dietro grandi massi o alberi a distanza di sicurezza, e lanciò la bomba a mano nel fiume dopo averla innescata.
Il botto fu tremendo, ma vennero a galla moltissimi pesci, li raccolsero in fretta prima che la corrente se li portasse via. Anche le altre bombe le avrebbero utilizzate per pescare.
Avrebbero di nuovo comprato le caramelle, la guerra era finita.

A inizio giugno l'acqua dell'Orco scorreva veloce, abbondante e gelata. Sulla pietra lambita dall'acqua c'erano di nuovo Duilio e Gina seduti mano nella mano. Ridevano guardando i monelli sfidarsi in gare di resistenza con i piedi in ammollo.

Il fuoco appena acceso prendeva vigore, pronto a rianimare bambini dalle labbra viola e a cuocere pesci catturati con l'ultima delle bombe rubate. Questa volta però, la maneggiò Duilio, non senza aver prima rimproverato tutta la banda al completo. I suoi ammonimenti furono miti, nessuno aveva voglia di scontri o tristezza.

Duilio e Gina avevano con loro la scatola con le lettere di Vento a Tempesta. Rivelarono al gruppo i loro nomi di battaglia, ma non parlarono del passato. Per tutti era predominante il bisogno di respirare a fondo la spensieratezza ritrovata.

Duilio, dopo aver assaporato una trota arrostita sul falò, si isolò e scrisse un ultimo foglio, questa volta senza fretta, guardando il fiume e Gina sorridente circondata dai più piccoli.

8 giugno 1945

Sono di nuovo qui all'Orco con tutta la banda.
Finalmente non ci dobbiamo più guardare alle spalle.
Di tutti i miei compagni pochi sono sopravvissuti.
Voulpot, ha deciso che continuerà a vivere in alta val di Lanzo a Bessans e oltre a fare il formaggio farà anche la guida alpina.

Angelo è felice di non essere più Saetta, già faceva qualcosa come falegname, aprirà un laboratorio a Rivarolo.
Io mi sposerò la Gina, e farò il maestro elementare. Lei, Tempesta, lavorerà nel negozio di famiglia, speriamo almeno che non continui la tradizione dei proverbi di suo papà. Forse avrò la fortuna di essere il maestro di Giovanni e degli altri.
I monelli continuano a essere monelli.
Ne combinano tante e credo che continueranno così.
Mi candiderò per diventare sindaco di Rivarolo. Voglio continuare a fare qualcosa per la nostra gente. Vorrei realizzare il desiderio di molti e far erigere al centro del paese un monumento per ricordare tutti i nostri sforzi e per ricordare i nostri caduti.
Come potremo dimenticare "il Conte" caduto durante un'imboscata, il Bibi assassinato nella sua macelleria dove non c'era mai perché era troppo impegnato a fare il partigiano, Giuliana la piccola staffetta di 15 anni a cui portavo sempre le caramelle di Gina.
Come dimenticare Pietro Castagna a soli 18 anni fucilato poco prima del nostro arrivo, faremo mettere una targa con una sua foto a suo ricordo sul muro della casa dove è successo.
Ho un sogno nel cassetto, prendere questa scatola, tutti i suoi fogli che Gina ha conservato contro la mia volontà e scrivere un libro, "Dal diario di Vento", chissà se ci riuscirò.
Anche se è doloroso, tutti noi ci siamo detti di non dimenticare per noi e per le generazioni future. Tutto questo non dovrà più succedere. Il prezzo per la libertà è stato troppo alto.

Era una sera del 1948, Evelina entrò in casa più allegra del solito chiamando a gran voce i figli e Attilio.

«Venite, presto, vi devo dire una cosa importante, una sorpresa.»

Erano tutti in cucina, la cena era già pronta e stavano aspettando lei per iniziare.

«Ciao, mamma. Cosa ci devi dire di bello?» chiese Giuseppe smettendo di girare la minestra.

«Sembri davvero contenta.» disse Giovanni correndo ad abbracciarla.

Attilio, seduto al tavolo, sorridendo disse: «Non hai le braccia blu.»

«Lasciatemi parlare,» disse Evelina avvicinandosi, «mi hanno spostata nel reparto dove tagliano le pelli, niente più braccia colorate, niente più puzza, ma soprattutto più soldi. Allora che ne dite?»

Le urla di gioia dei figli coprirono i commenti soddisfatti di Attilio, fiero di sua moglie. La fine della guerra aveva lasciato tutti poveri, ma grazie al lavoro dopo qualche anno iniziavano a stare meglio. Adesso mangiavano tutti i giorni dei pasti decenti.

Evelina rimase alla conceria SALP fino alla pensione. Attilio continuò a lavorare al Cotonificio Valle Susa e nel fine settimana presso l'Albergo Europa come cameriere, per arrotondare. Lavorarono tanto.

Giuseppe e Giovanni continuavano a far parte della banda di via Palestro, esasperando il padre.

Attilio era sicuro che i suoi figli sarebbero diventati dei delinquenti. Almeno un paio di volte a settimana propinava una delle sue famose filippiche.

«Lazarun, mi farete morire di dispiacere. Io non mi sono mai permesso di combinarne così tante. La cinghia devo usare con voi! Adesso basta. Tu Giuseppe che sei il più grande, fra qualche mese ti spedisco a lavorare con i muratori , e tu Giovanni andrai da Clara.»

«No, papà da Clara, no!» supplicava Giovanni.

«Da Clara, sì!» urlava Attilio «Sono stufo di pagare i vetri che rompete.»

Così nell'estate del '48 Giuseppe andò ad aiutare i muratori del cotonificio Valle Susa dove lavorava Attilio. Oltre ad essere controllato dal muratore più anziano amico di suo padre, Giuseppe doveva stare in campana per le improvvise apparizioni di Attilio alle sue spalle che gli urlava di darsi da fare.

Giovanni, a casa della signora Clara e suo marito, era coccolato perché non avevano avuto figli. Andava con loro a lavorare nei campi. Togliere patate non era divertente e zia Clara, così voleva essere chiamata, diventava un formidabile cane da guardia ogni qual volta si distraeva.

L'effetto della disciplina sui figli non ebbe il risultato sperato da Attilio. Quei due continuavano a rompere vetri e a sparire appena possibile. Giuseppe era il più incorreggibile. In un eccesso di rabbia, Attilio spaccò il mandolino sulla testa del figlio.

Alla fine dell'estate la casa di via Palestro venne messa in vendita. Attilio prima di comunicare la notizia alla famiglia cercò una soluzione, poi nel suo solito modo burbero li radunò tutti in cucina. Quando Attilio chiamava tutti all'ordine c'era sempre agitazione. I figli aspettavano l'ultima sgridata, Evelina invece, sbiancava nell'attesa di un'altra tegola sulla testa.

Attilio in piedi con le mani appoggiate alla spalliera della sua sedia disse:

«Il padrone vende tutto. Vuole trecento mila Lire. Tutti da scucire sull'unghia. Noi non li abbiamo, quindi ce ne dobbiamo andare. Ma non vi preoccupate ci ho pensato.»

«E dove andiamo, allora? A cosa hai pensato?» chiese Evelina sempre più bianca.

«Stanno costruendo gli alloggi INA in via Auda, con affitto a riscatto in venti anni.» disse Attilio.

«Cosa vuoi dire?» chiese Evelina «Andiamo lì?»

«Vuol dire che lo stato ci ha pensato a noi poveracci. Possiamo pagare l'affitto per venti anni, poi la casa è nostra.» spiegò Attilio.

Giovanni fino ad allora muto disse «Ma quanto costa?»

«Chiedono un milione di Lire, ma pagheremo un affitto appena più alto di qui, e se lavoriamo tutti insieme ce la possiamo fare. Potremo avere una vera casa, un alloggio moderno.»

Erano le prime proposte di edilizia agevolata. L'alloggio era al pian terreno di una gradevole palazzina. Il padrone della casa di via Palestro concesse loro di rimanere fino a che la nuova casa fosse stata pronta, poi avrebbe venduto. Traslocarono in una calda giornata di maggio nel 1953. Nella nuova casa non portarono nessuno dei vecchi mobili, Attilio aveva lavorato il più possibile all'Albergo Europa per risparmiare. Nuovi mobili furono la sorpresa di Attilio per Evelina.

Quel giorno tutto era pronto per l'ingresso di Evelina e dei figli nel nuovo alloggio. Attilio aveva sistemato i mobili con l'aiuto di un amico. Attraversarono a piedi il paese per raggiungere la nuova casa, i figli davanti a Attilio con la moglie sotto braccio, sorridenti e felici. Le poche cose che avevano deciso di tenere le avrebbero portate più tardi i figli con un carretto.

Quando furono davanti alla palazzina, Attilio aprì il piccolo cancello in ferro e fece entrare sua moglie, disse:

«Hai visto che bella casa con i muri chiari? Il nostro alloggio è proprio questo qui, a piano terra con il balcone. Entriamo.»

Evelina rafforzò la stretta al braccio del marito quando entrarono nelle scale con gradini di marmo chiaro.

Attilio aggiunse: «Quella porta lì va in cantina, ne abbiamo una nostra.»

Salirono i quattro gradini e quando furono davanti alla porta Attilio in tono solenne disse:

«Evelina, ragazzi, entriamo a casa nostra.»

Con una grande riverenza invitò ad oltrepassare la soglia ed iniziò a presentare la casa con dovizia di particolari.

«E' su un unico piano. Niente scale. Questo è l'ingresso, un po' piccolo, ma qui ci possiamo appendere i cappotti. Di qui ci sono il salone e la cucina.»

Evelina entrò in una grande stanza con il pavimento di parquet, due grandi finestre e il balcone piastrellato visto dal cancello.

«Attilio è bellissima. E tutti questi mobili nuovi.» disse Evelina.

«Beh, non tutti sono nuovi, ma più belli degli altri. E voi ragazzi non dite niente? Avete perso la lingua?» chiese Attilio.

Giovanni era entrato in cucina, aveva il lavandino di marmo chiaro e le piastrelle bianche.

Si affacciò sul salone e disse: «Mamma guarda che cucina grande, papà è proprio bella questa casa.»

«Ma dove dormiamo?» chiese Giuseppe.

«Di là c'è il bagno e ci sono le camere. Andiamo.»

La stanza da letto dei genitori era grande e con il parquet, mentre la più piccola per i figli, aveva il pavimento di graniglia.

Attilio precisò: «Materassi di lana!»

Niente più foglie di granturco che facevano rumore.

Il bagno lasciò tutti stupefatti.

«Abbiamo un bagno vero! Mai più turca sotto la scala!» urlò Giuseppe.

«E niente più tinozza per lavarsi, c'è la vasca.» aggiunse Giovanni.

Risero tutti insieme guardando le smorfie di Giuseppe allo specchio e le piastrelle bianche e lucenti.

Poi Evelina chiese «E questa piccola stanza senza finestra a cosa serve?»

«E' uno sgabuzzino, dove ci possiamo mettere delle cose, la scopa per esempio.» spiegò Attilio.

«Attilio, questa casa ha davvero tanta luce.» disse Evelina.

Qualche tempo dopo Attilio regalò a Evelina la lavatrice. La prima volta che la lavatrice lavò al posto della mamma, tutti e quattro presero delle sedie e si sedettero a guardare. Ebbero un sussulto alla prima centrifuga, ma constatarono poi con soddisfazione che i panni erano molto strizzati.

I figli del mantovano frequentarono la scuola fino alla quinta elementare, poi furono spediti a lavorare. Fecero di tutto. Il muratore fu un mestiere poco gradito. Giovanni, nel piazzale del cotonificio Valle Susa, mentre con una cazzuola storta toglieva il cemento a un mucchio di mattoni altissimo, pensava che quello non era il suo lavoro, avrebbe preferito giocare o andare all'Orco. Giuseppe subì gli scherzi dei più grandi. Si rifiutò di proseguire dopo l'ultimo. Gli chiesero di andare a prendere il buiolo, il secchio di ferro dei muratori, pieno di acqua. Qualcuno lo aveva collegato a un filo della corrente. Prese una scossa tale che finì in terra. I suoi compagni di lavoro risero, lui abbandonò il cantiere.

Con il passare del tempo i membri della banda di via Palestro iniziarono a frequentarsi meno. La maggior parte di loro lavorava, qualcuno più fortunato aveva continuato gli studi. Enrico, il figlio del dottore, voleva diventare dottore a sua volta, forse sarebbe andato in collegio dai Salesiani a Cuorgnè. Appena potevano, però si ritrovavano in riva al fiume e Duilio continuò a essere la loro guida.

Attilio in quegli anni, portò Giovanni al mare. Andarono a Savona a trovare un suo amico, rivarolese trasferito in riviera dove aveva aperto una pensione. Quel viaggio fu la prima vera vacanza di Giovanni, che in sella alla Vespa di suo padre, vide il mare e mangiò in un ristorante, quello della pensione degli amici del papà.

Evelina e Attilio guardavano i figli crescere. Non erano diventati dei disperati, come il padre aveva temuto.
Giuseppe, sempre in giro in bicicletta, desiderava diventare un ciclista vero. Attilio lo accontentò, ma chiese di cedere il suo posto di lavoro in Olivetti a Ivrea al fratello.
Divenne un professionista, correva per la Carpano. Conosciuto per la sua tenacia nelle salite, non vinse nulla come singolo, ma nel 1960 la Carpano divenne campione d'Italia. Quando smise di correre, andò a lavorare al comune di Torino per mantenere la famiglia, ma la sua passione per i pedali non finì mai.

Nel 1960 Giovanni e Giuseppe si sposarono. Giovanni continuò a vivere a Rivarolo, mentre Giuseppe si trasferì a Torino. Giuseppe ebbe una figlia, Chiara e Giovanni ebbe Elisabetta.

I genitori vivevano ormai una vita tranquilla, le rinunce erano ormai un ricordo. Evelina, finalmente non lavorò più. Vestiva sempre con colori allegri e a fiorellini piccoli. Il suo guardaroba era molto curato ed elegante, scarpe e borsette rigorosamente abbinate, panna in estate e nere d'inverno. Parrucchiere una volta alla settimana, il venerdì.

Attilio non riusciva proprio a stare fermo e anche durante la pensione era attivissimo.

Con il suo motorino, un Califfo giallo-ocra, solcava le strade del Canavese in lungo e in largo. Oltre a occuparsi del suo benedetto orto, attaccava i manifesti a Rivarolo, girando con la sua Ape Piaggio, giallo-ocra anche questa, chiacchierando con tutti.

Evelina, iniziò a viaggiare quando era già pensionata accompagnata da Giovanni. Quella cultura che tanto aveva decantato ai figli, finalmente la vedeva.

Tornò anche al Palidano a visitare parenti e conoscenti. Quando fu di fronte alla cascina, 50 anni dopo essersene andata, si commosse: la facciata era ancora come quando lei era piccola.

Andò a Brusatasso, rivide la chiesa dove si era sposata e rivide Emma, la sua amica da sempre.

Nei viaggi di Evelina, non doveva mai mancare una pausa aperitivo, nella più caratteristica piazza del paese visitato. Gli aperitivi erano rigorosamente colorati, in grandi bicchieri, con cappellini e cannucce. Altrettanto rigorosamente andavano sorseggiati lentamente, con eleganza, con la borsetta sulle ginocchia, nascondendosi dietro a grandi occhiali da sole azzurrognoli che ricordavano gli occhiali del canarino Titti.

Attilio da padre severo quale era, diventò un nonno affettuosissimo. Talvolta di nascosto chiedeva a Giovanni se aveva problemi con l'educazione della figlia, *altrimenti ci avrebbe pensato lui*, ma rassicurato, lasciava subito perdere.

Il rapporto di Attilio con la politica fu sempre di grande contrasto. Sempre in guerra con i *lazarun* di turno al governo. In fasi di critiche acute arrivò a sputare sullo schermo della televisione, con grande disappunto della moglie.
Evelina in un primo momento votò Democrazia Cristiana, poi passò al Partito Socialista, pensando che le parole democrazia e socialismo fossero cosa buona per tutti. In seguito, delusa, lasciò perdere e non seguì più nulla perché era convinta che fossero tutti ladri. Soprattutto odiava gli estremismi che aveva vissuto sulla propria pelle.
Chi aveva vissuto il fascismo, come loro, ne aveva conservato un rifiuto che non poteva essere estirpato anche se i tempi erano cambiati.

Giovanni trascorreva più tempo libero possibile con la figlia. Vi era una tradizione: la domenica mattina, Elisabetta andava a svegliarlo e mentre la mamma preparava il pranzo domenicale, lui le raccontava le gesta della banda di via Palestro.

Giovanni che aveva solo fatto la quinta elementare, divenne un instancabile lettore e cultore della storia canavesana. Del secondo conflitto mondiale, raccolse molti libri, testimonianze di persone conosciute o avvenimenti vissuti. La sua grande passione fu poi la montagna, scalando più di cento punte solo Canavese, insieme a nuovi amici di montagna e vecchi di infanzia.

Entrambi i fratelli, ora che sono nonni, raccontano ancora ai nipoti di quel periodo di guerra vissuto insieme e ancora brillano gli occhi. Alcuni dei monelli tornano ancora oggi nella via a guardare le vecchie case. La via Pal ha lasciato un segno indelebile in loro e quando si ritrovano con gli amici di un tempo, il discorso finisce sempre per rispolverare l'atmosfera di quei tempi.

Giuseppe e Giovanni, continuano la tradizione di tramandare ai loro discendenti la loro storia, un passato duro e doloroso, ma bello e divertente al tempo stesso.

SOMMARIO

Prologo - 1931 - La mamma di Giovanni..................6
1932-1939 · La famiglia si allarga..................19
1940-1942 · Oltre via Palestro..................24
1943 · Cambiamenti, sotterfugi e partenze..................39
1943 · Il capo di tutti..................68
1944 · Il nuovo anno..................110
Primavera 1944 · Il tesoro del nascondiglio..................127
Aprile 1944 · Le tre novità..................134
Estate 1944 · Ferro e fuoco..................153
1945 · La fine della guerra e la liberazione..................188
Dopo – Dal diario di Vento..................218
Dopo – La famiglia del mantovano..................220

BLIOGRAFIA

Il prezzo della Libertà Venti mesi di lotta partigiana nel Canavese
Tullia De Mayo – Vincenzo Viano (Ed. A.N.P.I. Cuorgné)

La Resistenza di Giustizia e Libertà nel Canavese
G. Viano (Enrico Editore – Ivrea)

Il mio angolo di Resistenza
Gimmy Troglia (Enrico Editore – Ivrea)

Le memorie di Alimiro
Mario Pelizzari (Enrico Editore – Ivrea)

Partigiane
Marina Addis Saba (Ed. Mursia)

Torino sotto le bombe
Pier Luigi Bassignana (Edizioni del Capricorno)

Torino 1938-35 una guida per la memoria
Città di Torino – Istituto piemontese per la storia della resistenza
e della società contemporanea

Pastori contrabbandieri e guide tra Valli di Lanzo e Savoia
Giorgio Inaudi (Il Punto Editore)

Museo diffuso della Resistenza Torino
http://www.museodiffusotorino.it/

ANPI Canavese –Associazione Nazionale Partigiani
http://www.anpicanavese.it/

GRAZIE

A mio papà Giovanni per avermi raccontato la sua infanzia.
A suo fratello "Peppe" Giuseppe per aver aggiunto particolari.
A mia figlia Elisa e mia nipote Ingrid per le utili osservazioni l'aiuto.
A Elena Fizzotti, fantastica amica e scrittrice professionale, per il sostegno e i consigli che hanno portato alla pubblicazione di questo libro.

Questo libro è disponibile anche in versione e-book
www.lulu.com